若さま同心　徳川竜之助【九】

弥勒の手

風野真知雄

双葉文庫

目次

弥勒の手　若さま同心　徳川竜之助

序章　師匠が見たもの

加茂川（かもがわ）の土手に出ると、向こう岸のほうだがうつ伏せの遺体が流れているのが見えた。羽織袴の武士らしいが、雀にも馬鹿にされたかかしのように、みすぼらしくみじめな姿だった。岸の誰も驚いたようすはないので、めずらしいものではないのだろう。

柳生清四郎（やぎゅうせいしろう）は、土手から川原へと降りた。葵新陰流（あおいしんかげりゅう）の次の教え手となるべく人材を求めて旅をし、京都まできた。

城下町ごとに足をとめたり、わき道に逸れたりしながらの旅だから、通常、十四、五日で到着する京都が、ふた月ほどかかった。

流れに手ぬぐいをひたし、汗をぬぐった。

いくらかしのぎやすくなっている気がする。

――ん？

後ろに小さな気配がきた。殺気も悪意もない。

「おめぐみを」

子どもの物乞いだった。哀れだが、黙ったまま首を横に振る。弱々しい子どもで、物乞いをしてもそう長くは生きられないのではないか。

子どもは疲れ切った足取りで離れて行った。

少年ばかり見ながら旅をしている。才能にあふれた少年を探していると、柳生全九郎という少年の異様さについて、どうしても考えてしまう。

柳生の里に現れた天才。だが、狭い空間でなければ戦うことができなかった。いったい誰があのような奇矯な性癖をつくろうとしたのか。

自分にはいっさい伝わってこなかった。知っていたのは、総帥の月照斎だけだったのではないか。

それにしても解せない。柳生の里がそこまでの敵意を、葵新陰流に対して持つことがである。

柳生全九郎は徳川竜之助に斬られて死んだが、大きな謎は残っていた。

川原にたたずんでいると、さっきとは別の物乞いの少年がやってきた。

「お武家さま」

「なんだな？」

「枝の先を切って、尖らせてもらえないかい？」

三尺（九十センチ）ほどの、柳の枝らしいものを差し出した。

「喧嘩か？」

「違うよ。魚を突きたいんだ」

「いいとも」

と、抜き打ちでさっと切る。枝の先が鋭利な武器に変わった。

少年はそれを持って川の淵に立った。

柳生清四郎も邪魔をしないよう少し離れて、お手並みを見守ることにした。

死体が流れるこの川だが、流れは澄んでいた。

水中を影が閃き、同時に少年の手から枝が飛んだ。

枝を上げると銀鱗がきらめいた。大きめのヤマメで、焼いて食うとこたえられない。

「見事なものだな」

「これがやれねえと飢えちまうのさ」

と、笑って、指先で枝をくるくると回した。

柳生清四郎には、大きく伸びる少年を見分けるこつのようなものがある。それは剣術そのものとはまるで関係がないので、ほかの技にも通じるのかもしれない。

まず、笑顔が多いこと。

そして、どこか芝居っぽいしぐさがあること。

なぜかはよくわからない。笑顔は修行のつらさに屈しない強さの現れかもしれない。芝居っぽいしぐさは、新たな自分を思い浮かべることができる想像力につながるのかもしれない。

徳川竜之助がまさにそうだったし、この少年にもそれがうかがえた。

もう一度、突いた。

これもあやまたず、ヤマメを突いた。大きめで二匹食えば、かなり腹も満ちるだろう。

「一匹、おくれよ」

さっきの弱々しい子どもが寄ってきた。

「自分で突け」

と、枝を渡した。これが正しいやり方だろう。この少年にとって一匹やるのはどうってことはないが、毎日、やるわけにはいかない。

「剣に興味はないか？」

と、柳生清四郎は訊いた。

「剣……」

少年は柳生清四郎を見つめ返した。

「つまらぬことを言った。これは詫びだ」

五十文を出すと、少年はちょっと怒ったような顔で受け取った。

剣を学ぶことを誘ったが、あまりにも軽く断わられた。十五の娘に婚姻を申し込んで恥をかいたような気がした。

間違いなく逸材だった。柳生清四郎はひどくがっかりした。

少年の氏素性については、何もわからずじまいだった。言葉遣い──それは決してよくなかったが──や、態度から判断すると、町人ではなく、武士の生まれのような気がした。だが、確信はない。百姓の子と言われたら、なるほどと思ったかもしれない。

剣への憧れなど露ほども感じられなかった。あんな子どもでも、いや、あんな子どもだから、剣の将来が見えているのだろうか。

剣は身を立てない。むしろ、身を破滅させるだけではないか。少年たちはそれを肌で学びはじめているのかもしれない。

どうも、西へ近づくほど、そうした傾向があるような気がする。

柳生全九郎に斬られて死んだ三人の弟子ほどの素材は、もう見つけることができないのではないか。よしんば見つかっても、さっきの子どものように断わられてしまうだろう。

――はっきりと次の時代がきている……。

それをひしひしと実感する。

もしも、徳川の世がひっくり返ることがあっても、自分はこの使命をまっとうするのだろうか。しかし、徳川の後継者が途切れることがあれば、それはもう伝えようもなくなるのだ。風鳴（ふうめい）の剣は、ついに幻の剣となるのか。現にいまや徳川竜之助の風鳴の剣は封印されてしまった。

柳生清四郎は少年と別れて加茂川の土手を上った。

雲が動いていた。雨が来るかもしれない。

土手を数丁行くと、人だかりがあった。

逃げ腰の野次馬たちがいる。危難が近づいてきたら、すぐにも逃げようという体勢である。こうした人だかりも、京都ではおなじみのものになっていた。

柳生清四郎は野次馬をかきわけ、人だかりの先頭に出た。

やはり斬り合いが始まろうとしていた。

三対三だった。

だが、向こうにいる三人は一人だけが刀を抜いて、こっちで背中を見せている三人と向き合っていた。言葉は聞こえなかったが、どうやら刀を抜いた武士が他の二人に、

「手出しはするな」

と、命じたようだった。

「ちぇすとぉ」

独特の大きなかけ声が響いた。抜いた刀が天に向かって突き立てられた。薩摩(さつま)示現流(じげんりゅう)。竹刀の戦いではさほどでもないが、実戦においてはいま最強の剣と言われる。

手前の三人の背がぴくりと動いた。

「さあ、来い！」

また大声を出した。

見物人を意識している。剣客としての自分を衆人に訴えているのだ。

「人斬り半次郎だ」

野次馬たちが囁く声も聞こえた。

中村半次郎。最強の薩摩示現流のなかでも、もっとも怖ろしい遣い手。その名は全国に轟きつつあった。

「とあーっ」

「きぇーっ」

手前の三人が三方から囲むように動いた。

それを見下すようにしながら数歩、ためらいもなく前進してきた。ここから見た三人は巨獣に立ち向かう小動物のようだった。

正面の男が真っ向から斬り下げられ、頭から真っ二つに割られた。凄まじい血飛沫が立ち上がる中を、半次郎は右に飛んだ。

横殴りにいくかと思ったが、これを止めた。相手の剣が斜めからくるのを見切り、すぐに天に突き上げられた刀がふたたび振り下ろされた。マキ割りである。

これも身体が二つに割れ、血煙の上がる中を棒のように倒れた。

残りは一人。

「きぇーっ、きぇーっ」

甲高い掛け声が悲鳴のようにも聞こえた。

また数歩、前に出た半次郎が、上からこの世界全体を右と左に分けるように、まっすぐ鋭く、剣を振り下ろした。

勝負はあっという間に決着していた。

「終わりだ」

半次郎が言った。

野次馬たちは圧倒され、声をあげることもできない。

中村半次郎について、気がついた。

まずは笑顔が目立つこと。しかも、人斬りと綽名がついているのが信じられないくらい、爽やかな笑顔だった。

そして、一挙一動がどこか芝居っぽい。演じている気配がある。

これがまだ子どもだったら、かどわかしてでも連れ去るだろう。

「こいつらを斬っておけば、おいがおらぬあいだ、おはんらも動きやすかろう」

「本当に江戸に行くのですか」

「ああ。用をすませてすぐもどる」

「風鳴の剣を打ち破るというやつですか」

「そういうことだ」

「半次郎どん。お気をつけて」

「なあに、たかが徳川の坊ちゃんの剣。むしろ、剣などいらぬ。青竹で一叩きでごわそ」

と、人斬り半次郎は、いかにも愉快そうに笑った。

聞いた柳生清四郎の顔が強ばった。

――たかが徳川の坊ちゃんだと……。

竜之助のことを言っていた。人斬り半次郎が風鳴の剣を打ち破るため、これから江戸へ下るというのだった。

第一章　世継ぎと浪人

一

徳川竜之助――いや同心としての名は福川竜之助だが――と、岡っ引きの文治は、両国橋近くで妙なものを見た。

新しいバクチが出てきているというので、浪人ふうに変装し、文治とともに探索にきたのだ。

小さな寄席ほどの大きさの小屋である。

中で行なわれていたのは、ひとことで言えば亀の競争だった。

最初に目的のところまで到着する亀を当てる。亀は五匹いて、五人の客がばらばらに賭けたとする。当たった客はほかの四人が賭けた分がもらえる。

ただし、小屋主というか胴元にも礼をしなければならず、三人分ほどしか手元には残らない。

こうした賭けを、異国ではおもに馬でやる。横浜でも去年あたりから、異人たちが「かけのり」という名称で根岸の高台に馬場をつくって始めているらしい。馬を走らせるような広い土地がないときは、犬を使ったりもするという。だが、亀というのはあまり聞かない。

土間の、たたみ二畳分ほどの地面が、板で五つの通り道に区切られている。ここを亀が走る、いや、歩く。

もっともそれは途中までで、たたみ一畳分ほど進むと、区切りはなくなる。そして、最後に辿りつくところは深さ三寸（およそ十センチ）ほどの溝になっている。ここにごろんと落ちたところで到着と看做される。

亀の甲羅に名前が書いてある。「亀一」「亀二」ときて、なぜか三だけは「三助」となっている。あとは、「亀四」「亀五」である。何かの引っかけなのか、不思議と「三助」に賭ける客が多い。

「行け、亀二」

「あっ、亀五、寝ちゃったんじゃねえか」

「胴元、起こせよ」

客から声がかかる。

竜之助はしばらく眺めるうち、

――これは流行らねえな。

と、思った。

なにせ、のったりしている。賭けた額まで忘れてしまいそうになる。バクチ独特の興奮がない。見ているうちに眠くなる。

客はもう慣れっこなのか、怒り出したりもせず、山に芝刈りに行くお爺さんを見送るように、ぼんやり亀の歩みを眺めている。動いている金もはした金ばかりである。

馬鹿馬鹿しくて取り締まる気にもなれない。こういうものを取り締まったら、日向ぼっこは駄目だとか、飯のあとに一服はするなというようなものだろう。

「こりゃあうっちゃっとこうぜ、文治」

この知らせを持ってきた岡っ引きの文治に、竜之助は小声で言った。

「そうしましょう」

文治も同感だったらしい。

五文ずつ賭けていた結果を確かめることもせず、二人は小屋を出た。亀が到着するまでわらじを編んだとしても、五文分は稼げるかもしれない。

「じゃあな」

苦笑して両国橋のたもとで文治とも別れた。

その帰り道である。

霊岸島(れいがんじま)に入り、大名屋敷のわきを通りかかった。

東の空はすでに暮れている。涼しい風が吹きはじめている。流れは見えないが、ここらは大川(おおかわ)が近い。川風が大名屋敷の林を抜け、かすかに水の匂いを届けてくる。

あと十日もすれば、秋が明らかな表情を見せるのだろう。

「もう、そろそろ終わりにしましょう?」

なまこ塀の上から声がした。

塀の外にイチョウの巨木がある。塀はそれをコの字に囲むようにしてある。まっすぐ塀を延ばすとイチョウを伐(き)り倒すことになるので、それを避けたらしい。こういうことをしてくれると、この藩にも好感が持てるというものである。

竜之助はそのコの字のところに隠れた。

「なあに、あと十日は大丈夫だ」

と、塀の上を見上げた男が言った。着流しに、刀を落とし差しにしている。暗くてよくわからないが、着物などは擦り切れた感じがする。ま、一目でわかる浪人者という御仁である。

「そうでしょうか」

塀の上の男は不安そうに言った。

「疑われている感じでもするのか？」

浪人者はどこかとぼけたような口調である。

「いいえ、それはないみたいです」

塀の向こうで、しきりに犬が鳴いている。

「シロ、うるさい！」

と、こっちの浪人者が怒鳴った。塀の向こうの犬は静かになった。

「何か、困ることでもあるのか？」

と、浪人者が訊いた。

「いいえ、申し分のない待遇ですから」

「では、よい」

「ただ、衣食住そろえば人は幸せかというと、そうでもないのですね」

「だから、言っただろうが」

「いや、ないものだらけだとそう思ってしまうのです。そっちはどうです。ひどいものでしょう?」

「気楽で申し分ないな」

「でも、若さまはそうしていても食う心配をしなくていいでしょう。そこがただの浪人とは大違いです」

「それはそうだな」

じつに面白そうな話ではないか。藩邸内の武士より、外の浪人のほうが威張っている。しかも、その浪人者が若さまときた。

「あと十日。それっきりにしてくださいよ」

「うん、まあ、とりあえずそういうことにしておくか」

そう言って、浪人者は歩み去って行った。

月明かりではっきりしなかったが、塀の上の男と外の浪人者の顔が双子のようによく似ていた気がした。

三河吉田藩松平家の下屋敷のはずだった。

――たしか、ここは……。

二

竜之助が八丁堀の役宅にもどっていると、田安の家から「爺ぃ」こと用人の支倉辰右衛門がやって来た。

また、変装していた。このところ、竜之助に会いに来るときは、かならずといっていいほど変装して来る。今日は魚の棒手振りに化けていた。

「よう。魚屋かい。いなせだね」

「今日は細かい設定まで凝りましたぞ」

「わかった。大久保彦左衛門が一心太助に化けたところ」

竜之助がそう言うと、

「また、そういう冗談を」

と、爺ぃは嫌な顔をした。

冗談のつもりでもなかったのだが、だいぶはずれたらしい。

「この男の家はもともと大工だったのですが、戯作者に憧れて家を出たんです。

だが、三年やってみて、師匠にお前は才気に乏しいと引導を渡された。それで、二年前から魚屋を始めました——という設定です」

「でも、それはどういうところに現れているんだい？」

と、竜之助は訊いた。

「まず、大工は手が太ぃ」

「それは剣術のおかげだろ」

「いや、かんなをかけつづけたおかげなんです。それで戯作者に憧れたような調子者っぽいところは、この半纏（はんてん）の模様に」

後ろを向くと、干しためざしが模様になっている。

「遊び心だな」

「二年経って商売も板についたところは、残りがもうイワシ二匹だけという仕入れの的確さに現れているでしょう」

と、抱えた桶を見せた。

「ほう。よく考えたもんだ。ただ、爺ぃはいくつという設定なんだ？」

「二十七」

竜之助は一瞬、言葉を失い、

「そりゃ無理だ」

と、笑った。

「なんでまた、棒手振りの魚屋に？」

「これで、すし文に食いに行くと、魚の味を知ってるやつがきたと、ちっと緊張するかなと思って」

寿司のうまさに目覚めてしまったらしい。

「おいらは付き合わねえよ」

「かまいませんとも。わたしは文太（ぶんた）の握った寿司が食べたいだけですので」

「ほう」

「じつはあれからすでに三度ほど」

「行ったのか？」

「寿司通になろうかと」

「爺ぃが通ねえ」

と、疑わしそうな顔をすると、

「いまからはクロダイですぞ。イカもうまみを増すし、シンコの親のコハダもうまい。サンマを握れば脂がこたえられないし、それとサバもそろそろです」

「まいったな」

奉行所では、最近、高田九右衛門が味見方与力を自称している。これ以上、周囲に食いものにうるさい人間は欲しくない。

何のかんの言っても、食べものは腹が減ったときのおにぎりに勝てるものはない気がする。だったら、まず、腹を空かせればいい。

「ま、爺ぃがどこへ行こうが勝手だが、すし文で余計なことは言わないように」

「もちろんですとも」

「それより、爺ぃに訊きたいんだが、霊岸島の真ん中あたりに大きなイチョウの木が門のわきにある屋敷があるんだ」

「ええ、松平家の下屋敷でしょう。当家の下屋敷の二つ隣です」

「え、あんなところに田安の下屋敷があったっけ?」

「まったく若ときたら、下屋敷の場所もご存じない。霊岸島と深川と四谷大木戸わきにございますので、それくらいは覚えておいていただきたい」

そういえば、子どものころ、どこかに行って、奥女中同士の相撲という怖ろしいものを見せられた覚えがある。あれをやったのは、霊岸島の下屋敷だったかもしれない。

「わかった。そこらはあまり近づかないようにするよ」

「そういう意味ではないのですが。ま、いいでしょう。して、お訊ねの件は？」

「その藩のことはくわしいのかい？」

「もちろんです。親藩の用人と付き合うのも大事な仕事ですからな。とくにあその用人の田辺備後とは三十年来の囲碁友だちで、近ごろではお互いの尿洩れの心配まで語り合う仲です」

「それはずいぶんな親しさだな」

と、笑いながら感心し、

「そこに、おいらと同じくらいの歳の若さまはいねえかい？」

「いらっしゃいます。錦之助さまといって、ちょっととぼけたお人柄の」

「ああ、やっぱり」

たしかに、かなりすっとぼけた感じがした。

「ただ、あの藩はいま、面倒なことになっておりまして。一つには、時勢への対応のことで藩論が真っ二つに分かれております。もう一つはそれと、微妙に重なるのですが、お世継ぎの問題で、側室腹の仁二郎さまを推す一派の声が高まってきています。そんなことで、中はかなりむちゃくちゃなことになっているようです」

「ふうん」

支倉はずいぶん切羽詰まったような口調で言ったが、それくらいのことはいま日本中の藩で起きている騒ぎではないか。だいたい時勢がそれほど大変なら、爺いだって魚屋の格好で巷(ちまた)をうろうろしている場合ではない。

「その錦之助さまが何か？」

「いや、別に」

と、竜之助はとぼけた。

「昨日もちらっとお会いしましたが」

「へえ。何か、変わったようすはなかったかい？」

「変わったこと？　そういえば、いつもの調子のいい冗談口はありませんでしたが、まぁ、この時勢ですからな。同心なんぞに身をやつして、巷をうろうろ徘徊(はいかい)するよりはましってもので」

「…………」

まずい雲行きになってきた。

三

数日後——。

竜之助が小網町（こあみちょう）の通りを歩いていると、飲み屋の前で入ろうかどうしようか迷っている武士と出会った。

あの浪人者、松平錦之助である。

「あのう」

向こうから声をかけてきた。

「何か？」

「こういうところは作法などはうるさいのかのう？」

「作法？」

「うむ。ほら、どこの世界にもそれなりの作法というのがあるではないか」

「ああ、まあね。だが、こういうところは適当にやるのが作法みてえなもので」

「ちと、頼みが。払いはわしが持つので、付き合ってくれぬか」

町方の同心に頼むことではない。

もしかしたら、この着流しに黒羽織、小銀杏（こいちょう）の髷（まげ）というのが、町方の同心独特ものだということを知らないのかもしれない。

いちおう奉行所にもどるつもりだったが、今日はたいした用もない。急用があれば小者が役宅まで呼びに来るだろうし、報告書は明日の朝、仕上げればいい。秋めいた涼しい風が吹いていて、町の灯がにじんだように見えている。ほろ酔いで帰るにはぴったりの夜ではないか。

「いいですけど、ただ……」

「どうした？」

「ここがいい店かどうかはわかりませんぜ」

「ま、それは運不運ということで」

「それならいいでしょう」

と、いっしょに入った。

さほど混んでおらず、外を眺められる窓辺の席についた。席といっても、縁台に横座りするだけである。

「酒を二本」

と、竜之助が店の婆さんに頼んだ。

「なるほど。こんなつくりになっているのか」

座った縁台をめずらしそうに眺めながら、松平錦之助は言った。もちろん、竜之助は、名前や屋敷を知っていることなど、おくびにも出さない。

「酒の肴を頼みませんか？」

「うむ。では、鯛の刺身を」

「それはないでしょうな。やっこと煮物では？」

「あ、それでよい」

不思議なものが出てきた。

やっこが黒い。しょうゆをかけすぎるやつがいるので、あらかじめしょうゆ漬けにしたのだという。

それより凄いのは、煮物の中身が泳いだ気がする。店の婆さんに言うと、

「気のせいだよ」

と、黒く光った虫をそっとつまんで捨てた。

錦之助は酒は好きだが、すぐに赤くなる体質らしい。

「外ではあまり飲まないので？」

「うむ。浪人者なのでな」

むしろ、浪人者のほうがよく飲んでいる。

「内職は何か？」

「内職？」

「ほら、浪人なさった人はたいがい傘を張ったり、独楽（こま）をつくったり」

「ああ。ちと助けてくれる者がいるのでな。とりあえず働かなくても飢えるまでにはいかない」

「それはいいご身分で」

ちょっと皮肉っぽかったかもしれない。

「何がいいものか。窮屈でたまらぬ」

「窮屈？　浪人者が？」

問い返すと焦って、

「いや、わしの知り合いで大名になったのがいて、そいつは窮屈らしい」

と、支離滅裂な返事になった。浪人者の知り合いが大名になるというのはどういうことなのか。

「そりゃあ、お大名なんてのはね」

竜之助も適当に返事をした。

そのうち、だいぶ酔いも回ったのか、独りごとを言い出した。

「あいつ、何のかんの文句を言いながら、けっこう屋敷の暮らしに満足してるのではないかな。ほんとに嫌なら塀を乗り越えて逃げてしまえばいいのだから、それをしないというのはいてもいいということなのだ。ま、いいや。わしはしばらく気楽な浪人暮らしをつづけられるということだ……」

聞いているうちに、竜之助はだいたい見当がついてきた。顔のよく似た浪人者と立場を交換したのだ。

大名家の若さまと、浪人者。

ハラハラするようないたずらだが、自分も他人のことは言えない。

「その帯のところに十手が見えているが、もしかして町方の役人かな？」

「あ、やっと気づいてくれたかい。同心なんだが、まだ見習いだよ」

「ほう。町方の同心か。わしは、火盗改めの長官に憧れたことはあるが」

「はあ」

似ているようだが、長官というのが違う。

「どこかで会ったことはないよな？」

と、錦之助が顔を近づけてきた。

あるかもしれない。お城での行事や、田安家の催しで。

「そりゃあ、毎日、江戸中を歩きまわっているもの」

と、とぼけた。

この御仁は、自然と気のおけない雰囲気をつくる。天性の人徳のようなものである。名君の素質があるのではないか。

飲むうちにはたと気づいた。いいところの坊ちゃんというのが見え見えなのである。

相当酔っているが、だらしなく崩れることはない。食べ方も行儀がいい。他の客と比べると、明らかに変である。だが、自分もおそらくそんなふうなのだ。

——だから、おいらも変だとか言われるのか……。

鏡を見ているような気がしてきた。

二人で八合ほど飲んだか。

だいぶ酔っ払って、

「そなたの家で飲みなおそう」

「いいでしょう」

と、八丁堀の役宅へ向かうことになった。

玄関口でやよいが驚いた。

「まあ、お客さまですか」

同僚はたまに連れてくるが、浪人者というのはめずらしい客である。やよいなどは、まず刺客ではないかと警戒する。だが、一目見て、

——刺客ではない。

と、判断したらしい。客の間というほどでもないが、いちおう奥の間に通した。

「そうか、ここが町方の同心の家か。長屋よりいいのう」

「そりゃあとりあえず一生懸命働いてますので」

「お美しい奥方も」

「まあ、奥方だなんて」

やよいがのけぞるようにして喜んだ。

「違うって」

と、口をはさんだが、有頂天になったおなごと、酔っ払いの耳は聞こえなくなっている。

やよいもすっかり気を許したらしく、すぐに酒と肴を用意した。このあと松平

錦之助は五合ほどを飲み、そのまま火鉢に片足を上げて、寝入ってしまった。

翌朝——。

二日酔いの頭を抱えて、帰って行くのを見送って、

「おいらと似てるだろ?」

「あの人と若さまがですか? 全然、似てませんね」

と、やよいは言った。

「性格がいいのと、女を見る目があるのは認めますが、外見と品はちょっと……」

よくないと判断したらしい。

「気づかないふりをしてやっているんだが、あのお人は三河吉田藩の松平錦之助さま」

「あの冴えない浪人者が?」

「冴えないかね」

「だって、団子っ鼻にずんぐりむっくりの体形。武士よりは町人ふうですよ。もちろん浪人もお似合いで」

そう言われると、たしかにそんな気もしてくる。

四

小幡玉右衛門は床板の上に倒れている。

上向きなのかうつ伏せなのか、自分でもわからない。たしか素っ裸のはずだから、うつ伏せでいてもらいたい。

一度、気を失い、また目覚めた。だからといって、回復したわけではない。

木の香りが匂っている。

湯気が流れてきている。そうだ。ここは湯殿なのだった。

物音ひとつしない。薄暗いのは外がすでに夕方だからである。三方の小窓からは夕闇と混ざり合った青い光が入ってきている。ろうそくが一つ置いてある。太いろうそくではあるが、それでも湯気が濃い湯殿の中では、ぼんやりした明かりにしかならなかった。

身動きはまったくできないが、かすかに意識は残っている。

その意識の中で、この数年のことをぼんやり思い出していた。

土佐藩江戸屋敷。そこで生まれ育った。

だが、郷士身分であったためいつまで経っても出世はできない。藩邸でも中間(げん)に毛の生えたような役目しか与えられなかった。

ペルリ来航以来の騒ぎに、いても立ってもおられず脱藩。ところが、向かった京都はわけがわからなくなっていた。誰も先が見えていない。何のために、何をしようという目的まで見失っていた。

がっかりして江戸にもどった。だが、藩邸にはもどれない。

すっかりやる気をなくした。

そんなとき、女に声をかけられた。長屋の近くの道で幾度か見かけていた女だった。あばずれ女というのではない。屋敷の奥女中に入っているような真面目そうな娘で、つい話を聞いてしまった。

「若さまの身代わりになってくださいませぬか」

と、娘は言った。

「何のために？」

「若さまが退屈なさって。少しでも外ののびのびした暮らしを味わってみたいと」

「どれくらい？」

「ほんの十日ほど」

若さまと会ってみて、これはやれると思った。なにせ、われながらそっくりだった。ただ、自分は身分が低いからこの顔でもどうにかなったが、若さまでこの顔はまずいのではないかと正直なところそう思った。

江戸育ちだから訛などはない。心配なのは若さまの好みもやるべき仕事も何一つ知らないことだったが、

「そんなことはすべて機嫌が悪いせいにすればいい。わからないことを訊かれたら、さて、どうであったかと返事しておけばいい。そのうち誰かが調べてくれる。履いている下駄の大きさから、かかりつけの医者の名前までな」

と、若さまから言われた。

じっさい、本当のことだった。若さまは何も決めない。いや、何も決めてはいけないらしかった。

最初の四、五日はたっぷりいい思いをした。

喜んで贅沢を味わっているると思われると、さっさと元にもどされそうで、早く出たいようなことを訴えたりもした。だが、内心は、

——こんな楽な暮らしはない。

と、思っていた。

同時に、こんな楽なことは長くはつづかないとも思っていた。

そして、このわけのわからない災難である。だが、気配はあったのである。

下手人は間違いなくあいつだろう。さっき、あいつは、

「この数日、おかしな態度をなさる。わたしの正体に気づかれたのでしょう」

そんなことを言っていた。

何の正体なのか。

——罠だったのか。

だが、どう考えてもあの若さまが仕組んだとは思えない。若さまを狙ったあいつが、間違えておれを狙ったのだ。

もう、それを誰かに伝えることもできない。

こうしていつも真実は闇へ葬られていく。どんなふうに時代が変わろうが。

息が苦しい。喉が変な音を立てている。子どものとき、喘息だった。発作が起きると喉がひゅうひゅう鳴ってたまらなく苦しかったが、あのときのつらさが甦った気がする。

何か音がして、犬が喚き出した。

——なんでこんなところに犬がいるんだろう……。

薄れてきた意識の中で、玉右衛門はそう思っていた。

五

竜之助は、松平錦之助にすっかり気に入られたらしい。一昨日も昨日も今日も、夜になるとやってきて、飲みに行こうと誘われた。

竜之助も、同じような境遇や心境を味わってきたせいか、なんとなく気のおけない感じはある。

この日もつい、付き合ってしまう。

川っぷちにあるおでん屋に入った。竜之助も初めての店だが、老夫婦がやっている店というのは知っていたので、ぼったくられたりすることはないはずだった。

酒を持ってきた婆さんがよろっとした。

「おい、大丈夫かい？」

と、竜之助は思わず訊いた。

「大丈夫です」

「いくつだい？」

「そんなになるまで働かなくても」

と、松平錦之助がわきから言った。

「冗談じゃないよ。若造にとんちんかんな説教はされたくないね。あたしらは死ぬ前の日まで働きつづけるんだ。働かざる者、食うべからず」

「はっ」

錦之助は恐縮した。

「うちの亭主は九十二でほら」

調理場で手をぷるぷる震わせながら、大根の桂剝き（かつらむき）をしている。

客を見渡すと、ほとんどが年寄りである。

「あたしらが頑張ってるから、こうやって年寄りも喜んで来てくれる」

「若いやつは来ては駄目か？」

錦之助は不安げに訊いた。

「んなこたぁないよ」

と、婆さんは笑って、次の注文を取りに行った。

「面白い店だなあ」

と、錦之助は感心した。

「巷は面白いのさ。変な店があったり、変な人間がいたり」

「うん、面白い」

「あんた、浪人者のくせに世間知らずだな」

と、竜之助はしらばくれて言った。

「じつは、浪人ではない」

「え、違うのか。では、何だ？」

「そこはまだ言えぬが、そのうち打ち明ける」

と、気まずそうにした。

ここで三合ほどずつを空けると、

「今日はわしの長屋で飲むぞ」

と、外へ出た。

歩いてもすぐのところである。小網町三丁目の裏店（うらだな）だった。

家財道具は見事なくらい何もない。途中の酒屋で買った酒を互いの茶碗に注ぎ、

「そなたとは、長い付き合いにするぞ」

と、錦之助は言った。

「ま、いろいろ面倒ごともあるだろうが、会えるうちはな」

竜之助もこの御仁に嫌な気持ちは抱かない。

そこへ、奥女中らしき女が飛び込んできた。

「錦之助さま。あの、例の玉右衛門どのが亡くなりました」

「なんだって」

「それも、変な死に方で」

「どういう?」

錦之助が訊くと、奥女中は竜之助の存在を気にした。

「いや、この人物は大丈夫だ。身元がわかるようなことは伏せて話せばいい」

「そうですね。じつは、つい一刻(二時間)ほど前、湯殿で玉右衛門どのが首から血を流して亡くなっていたのです」

「湯殿か。よく暗殺されるところだな」

と、竜之助がぽつりと言うと、

「暗殺ぅ?」

錦之助は素っ頓狂(すっとんきょう)な声をあげた。

だが、竜之助は、芝居などでも湯殿の暗殺はよくある――と、思った。本当の芝居は見たことがないが、芝居絵で何度も見た。義経の父や、幡随院長兵衛なども湯殿で殺されたのではなかったか。武器を持たずに入るところだから、じっさいにも多かったのかもしれない。

「おたえ、暗殺なのか？」

「犬に噛まれて死にました」

「なんだ、それは？」

と、錦之助は呆れた声を上げた。

「玉右衛門どのはいつものように、お付きの瀬田甚八郎どのとともに湯殿に参りました。そこで、瀬田どのに刀をあずけ、湯舟に入られました。四半刻（三十分）ほど入ってましたか」

「あいつ、わしと違って湯が好きみたいだな」

そういえば、一昨日だかの酔ったときの話では、錦之助はあまり湯が好きでなく、五日に一度、垢を落とす程度らしい。裸になって、またすぐ着物を着てというのが面倒なのだそうだ。

竜之助もそこまでではなかったが、ああいう屋敷の湯殿の退屈さはわかる。静まりかえって、むしろ不気味で、子どものときから気持ちがいいところという思いは持ったことがなかった。

同心になり、湯屋に行くようになったら、あんなにいいところはない。錦之助が湯を嫌っているというので、それは湯屋の面白さと気持ちよさを知らないからだというと、湯屋へ行ってみたくなったようだった。

「すると、突然、犬の凄まじい鳴き声が湯殿から聞こえてきたのです」

と、奥女中のおたえが言った。

「湯殿に犬？　もしかして、シロのことか？」

「はい。錦之助さまが可愛がっていた」

「シロが湯殿に？」

錦之助は、首をかしげた。あまり湯が好きな犬ではなかったらしい。

「ええ。おかしいと、向かいの台所にいた瀬田どのがすぐに湯殿の小窓に飛びつき、玉右衛門どのに声をかけました。若さま、どうなさいました？　と。すると、玉右衛門どのは、犬が、犬がと」

「犬が？」

「よく、わからないので、瀬田どのが湯殿の入り口のほうに回りこみ、急いで駆けつけました。そのときは、わたしもすぐにいっしょに。ほかの女中たちもいました」

「なるほど」

「戸を開けると、犬は狂ったように叫びながら、外へ飛び出して行きました。そして、湯殿には、犬に喉首を嚙み切られた玉右衛門どのの死体が横たわっていたのです」

「シロが喉首を……それは間違いないのか？」

「わたしはとても凝視することはできませんでしたが、ほかのご家来衆も刀傷ではなかろうと」

「なんということだ」

「しかも、シロ以外、誰もそこには入っていないのです。台所のわきですから、出入りはつねに見られています」

「そうだな」

「ほかには考えられません。驚くべきことです」

と、言って、おたえは唇を嚙みしめた。やよいより二つ三つは若そうだが、しっかり者といった表情である。

「あいつ、わしの影武者になってしまったのか。そんなつもりはなかったのに、かわいそうなことをしてしまった……」

錦之助は、がっくり頭を垂れ、手を合わせた。何かぶつぶつ言っている。お経をとなえているのかと思ったら、何度も「申し訳ない」と繰り返していた。心のこもらないお経より、ずっと錦之助の誠心を感じた。

「よし。すぐにもどるぞ」

錦之助が立ち上がると、

「おやめになったほうがいいですぜ」

と、竜之助は言った。

六

「どうしてだ?」

怒ったように松平錦之助は訊いた。

「そりゃあ、殺しですから」

「なんだと」

錦之助の目が大きく見開かれた。白目のところが血走り、真実のありかを探すように、黒目が右往左往した。

「影武者とおっしゃったところから推察するに、その玉右衛門というお方は、錦之助さまによく似ているのですな」

と、竜之助が訊いた。

「うむ。よほどじっくり見つめないと、別人とは思わぬだろうな」

やはり、あのとき塀の上で話していた男である。

「以前から身近にいたのでは？」

「違う。たまたまおたえが見つけ、似ていると聞いて、退屈しのぎに入れ替わることを思いついたのだ」

「そのようなことをなさってよろしいので」

「いいわけがない」

と、顔をしかめた。

「ということは、錦之助さまを狙って、何かを仕掛けた。犬の事故に見えるような殺し方を……」

「そんな馬鹿な」

「いえ、錦之助さま。たしかにそうかもしれません。わたしもそんな気が」

と、奥女中が言った。

「おたえもか？」

「はい。やっぱり何か変な感じがします。そこへいま、錦之助さまがもどられたら、錦之助さまのお命も」

「では、どうしろというのだ？」

自分で考える癖はついていない。

このあたりが、十一男と、跡継ぎの差かもしれない。

「屋敷は大騒ぎかい？」

と、竜之助がおたえに訊いた。

「いえ、幸い下屋敷で人もそうたくさんはいませんし、用人さまがすぐに口止めをなさいましたので」

あの、支倉の爺ぃの友人はなかなか目端が利くらしい。下手に騒ぎ立てしていたら、この錦之助はもどるにもどれなくなる。

ということは、あまりもどらずにいるのもまずい。

早く解決し、敵の陰謀を明らかにしたうえで、すみやかに姿を現すべきだろう。

「もう一度、その湯殿のつくりなんかを聞かせてもらいたいんだ」

と、竜之助は持ち歩いている手帖を取り出し、おたえの話を記述しはじめた。

湯殿は床から天井までヒノキ張りで、広さはおよそ十二畳ほど。真ん中に二畳ほどの大きさの湯舟が置かれている。

その隣に、着物を脱いだり着たりする控えの間がある。

そこから渡り廊下があり、台所のわきに通じている。

湯舟の湯は直接わかすのではなく、ほかでわかしたものを運びこんでいるはずである。台所の近くにあるのはどこも同じなのだろう。

「その渡り廊下はよく見えているというわけか」

「はい」

「ほんとは喉の傷をじっくり見てもらいてえんだが、それは無理だよな」

「え」

見る見るうちに血の気が失せ、おたえはふらふらしはじめた。

「おっと、大丈夫かい」

「それだけは」

「ああ、いいんだ。忘れてくんな」

おそらく奉行所の検死の役人が見れば、すぐにわかるだろう。いや、竜之助だってわかるはずである。

逆にああしたお屋敷の武士のほうが、変わった死に方には慣れていないのだろう。竜之助も、同心としてたくさんの遺体や怪我人と対面してこなかったら、見分けられるかどうか、自信はない。

「もう、湯殿は掃除されたりしたんだろうな」

「いえ、まだだと思います」

「その中にあったものを全部教えてもらいてえんだ。できれば、持ち帰ってきてもらいてえくらいだ」

「わかりました」

かわいい顔できっぱりとうなずいた。

七

奉行所から緊急の呼び出しがあったりするとまずいので、とりあえず一度、役宅にもどることにした。

「あ、若。お待ちしておりました」

支倉の爺ぃがまた来ていた。

座ってやよいが準備した飯を食っている。どじょうを卵でとじたもので、竜之助の好物の一つである。酒の肴はついたが、もどったらやよいの飯を食うつもりでいた。だが、鍋の中身はずいぶん少なくなっている。

「なんでえ？」

つい、冷たい口調で訊いた。

「じつは……」

松平の用人に相談されたらしい。

「錦之助さまを子どものときから見てきた用人の田辺備後によると、どうも変だというのです。あったはずの黒子(ほくろ)がないし、肩のあたりが当人より撫(な)で肩みたいだと」

「そりゃあ、別人なんだろ」

「田辺もそう言っております。だが、もし、このまま本人の錦之助さまが姿を現さないと、亡くなったのは錦之助さまということで確定し、幕府にも届けを出さねばなりますまい」

「ちっと待ったほうがいいぜ」

「わたしも、そう思いました。田辺にもそのように忠告しておきました。やっ
も、そのつもりではいたみたいです。だが、急がねばなりませぬ。それで、若に
はまことに頼みにくいのですが、この奇妙な事件の真相を明らかにしていただけ
ませぬか。前にもやってくれたみたいに」
「そりゃあ無理だ、爺ぃ」
と、深刻そうな顔をつくって言った。
「どうしてですか？」
「だって、おいらはもうこういうことはやめて、屋敷にもどらなくちゃならねえ
って、ついこのあいだも言ったじゃねえか」
「ううう、それとこれとは……」
「同じだよ。自分に都合のいいことだけはやって、おいらがいちばんやりてえこ
とはやめろと。それは酷すぎるんじゃねえか」
うつむいて、寂しげな顔をしてみる。
「あ、その顔はいけませぬぞ。爺ぃは、若のその顔を見ると、昔から胸がきゅう
んとして……。わかりました。では、奉行所のほうもあとしばらくということ
で」

「約束したぜ。じゃあ、解いてみせるよ」

と、にこりとした。

「ありがとうございます。だが、解いてもらうためには、若にあの屋敷に入ってもらわねばなりますまい。わたしの親類の者ということでよろしいですか？」

「いや、とりあえず、それはいいさ」

もう少し早く相談されたら、中に潜入したかもしれない。だが、いまは気の利いた奥女中が調べてくれている。

逆にそのほうが、警戒されたり、大事な証拠を隠されたりせずにすむような気がする。

「何も見ずに？」

「そうだな」

「若はいつから天狗に？」

「なに、じつはそこの屋敷に友人ができてな」

「だから、この前もあそこのことをお訊ねに？」

「そういうわけだ。とりあえず、そっちからいろいろ訊き出せるので、わからないことが出てきたら、爺ぃに頼むさ」

竜之助がそう言うと、爺ぃもすっかり安心したらしかった。

八

もう一度、錦之助がいる長屋にもどると、ちょうどおたえが湯殿にあった品々を持ってきたところだった。

大きな風呂敷に一つ。木の桶もあったりして、若い娘には重かったかもしれない。

「まだ、血が残っていたりするので、怖がって誰も近づいていません。それで、いちおうあったものは全部持ってきました」

「そいつはありがてえ」

全部とは言っても、なにせ湯殿なので、そういろいろはない。

まず着替え。ふんどしまである。

「おい、そんなものまで」

と、錦之助が言うと、おたえは真っ赤になった。

襦袢は横縞に水玉模様がいっしょになった奇妙な柄である。すだれの向こうに人魂がいっぱい集まってきたように見える。

「玉右衛門てえのは趣味が悪かったんだなあ」

と、竜之助が言うと、おたえがぷっと吹いた。

「錦之助さまのをお貸ししてただけですよ」

「げっ」

横目で錦之助を見た。

「わしは気に入ってるんだが」

自分では趣味が悪いとは思っていないらしい。

ろうそく立てにはろうそくがついたままである。銅製らしい細いろうそく立てには、小さく葵の紋が入っている。こんなものにまで葵の紋を入れるなんて、よほど誇りに思っているのだろうか。

ただ、葵の紋と一口に言っても、徳川でも松平でも家によって少しずつ違う。だから、田安の紋とここの紋も微妙に違っていた。

ろうそくは太い。田安の家でもこれくらいのものを使っていた。だが、町人たちはろうそく屋でもなければ、こんな太いろうそくは使わない。そもそもろうそくそのものを使わない。魚の脂を小皿に入れて、芯（しん）を置いただけのひょうそくというものを使う。ほんとに小さな灯火で、町人たちの長屋を訪れるようになったときは、夜の家の中の暗さに驚いたものだった。

「わたしたちが駆け込んだとき、このろうそくは倒れていました。さきほど行ったときもそのままになっていました」

「ほう」

「床に焦げたあとも」

「焦げたあととな」

ここらは自分で見ることができないのが歯がゆい。

「絵図で教えてくれ。どのへんにあったんだろう？」

と、さっき記した手帖を出した。

「湯舟はここですね。このあたりです」

「こっち向きだな」

「はい。窓のほうに」

竜之助は、倒れていたというろうそくをじっと見つめた。

「紐みたいなものはなかったかい？」

「いいえ」

「燃えかすも？」

「ありませんでした」

おたえはきっぱりと言った。

次に手桶をじっと見た。

ごくふつうのつくりで、武器として使ったようすも、これで飯を食ったりしたあともない。

竜之助は腕組みし、しばらく何か考えていたが、

「お付きの武士の瀬田甚八郎どのだが、どっちの派かな？」

と、訊いた。

「え」

錦之助の目が泳いだ。

屋敷というより松平家の内情にまで探りを入れたのである。

「どっちの派だい？」

「それはちと」

「どこでもかならず派閥争いがあるんだ。錦之助さまのほうかい？」

嫌な話になったというように顔をしかめ、

「瀬田は向こうの派の連中に嫌われているというので、ふた月ほど前からわしの

護衛に付いた。だが、いろんな考え方はわしとまるで違っていると思う」

「やっぱりね」

と、竜之助はうなずいた。

九

「ところで、シロは無事かな」

と、竜之助はつぶやいた。

「シロ?」

錦之助が不安げな顔をした。

「ええ。あの犬があなたを殺したことになっている。成敗されてしまってもおかしくはないでしょう?」

「それはまずいのう」

だが、おたえが錦之助を安心させるように、

「シロなら庭の隅でおとなしくしてましたよ」

と、明るい口調で言った。

「でも、そのうち誰かが言い出すだろうな。シロは生かしておくわけにはいかん

など」

錦之助はもう誰かがその台詞を言ったのを聞いたように、憎々しげに言った。

「おたえさん。シロがまだ無事だったら、連れてきてもらえねえかい？」

「まあ」

「怖いかい？」

「いいえ」

すぐに長屋を出て行った。

そうあいだを置かず、連れてきた。よく、門を出られたと感心したが、下屋敷の裏手は大川に出入りできる入江になっていて、小舟さえ操ることができれば、犬一匹を連れ出すことくらい造作もないらしい。

「あれ、その犬……」

シロという名だからてっきり白い犬かと思ったら、黒い犬である。

「黒を白と言いくるめたのだ」

と、錦之助が言った。とぼけた顔でこういう遊びをするから、頭も切れるし、正統の後継者なのに、別の後継者を推す者が現れるのではないか。

犬は人なつっこい。竜之助にも擦り寄ってくる。

「尻尾（しっぽ）の毛が焼けているな」

と、竜之助が尻尾を指差した。

「まあ、どうしたのかしら」

「倒れたろうそくで焼けたのさ」

「暴れたときに倒れたのですね」

「逆だよ。倒れて火がついたから、きゃんきゃん鳴いて暴れたのさ」

「どういうことでしょう？」

「このろうそくに、糸のようなものをくくりつけたあとがあるだろ。これを引っ張ったから、ろうそくは倒れ、太いろうそくだから倒れたくらいでは消えずに、犬の尻尾を焼いたのさ」

「まあ。熱かっただろうにね」

と、おたえはシロの喉を撫でた。

「シロはおそらく湯殿のここにつながれて、おとなしくしていた」

絵図の中の窓ぎわの近くを指差した。

「つながれて？」

「でないと逃げてしまうもの」

「でも、わたしたちが駆けつけたとき、シロは飛び出していきましたよ」

「つないでいた紐は、窓からのぞいたときに瀬田が短い刀ですばやく切った。ふつうに結んだ紐なら、シロがそれを引きずって逃げてしまう。その紐は犬の首には結ばず、一回ねじったくらいで、首に引っかけておいた。だから、それは一ヶ所を切れば、ぱらりと落ちるだけだった。それは瀬田が懐に入れたので、どこにも残っていない」

と、竜之助が推測を語ると、

「面白いなあ」

と、錦之助は喜んだ。

「でも、瀬田どのがそんなことをするようすはありませんでした」

「瀬田はどれくらい台所にいたんだい？」

「瀬田どのってのっぺりして、はんぺんに絵を描いたような男なんです。それがいい男に見える女中がいて、このときもずっとその女と話し込んで、四半刻はいましたか」

「そんなに……。席を立つことはなかったんだな」

「わたしはあのとき水菓子づくりに励んでいたのですが、瀬田どのがいたのはちょうど向かい側で、動けばかならずわたしの視界を横切ります」

「では、誰がろうそくを倒したんだろう……？」

竜之助の目がぼんやり遠くを見るようにうつろになった。

見えているのか、いないのか。

その生きものの姿は、竜之助のぼんやりした視線の底のほうから、のっそりと浮かび上がってきた。背中に名前を書かれてのそのそと歩いて……。

「あ」

ふと、思いついたことがあった。

「どうなさいました？」

「そこらには亀はいなかったかい？」

竜之助がおたえに訊くと、

「亀はいるさ。わしの亀だ」

錦之助が答えた。

「錦之助さまの亀？」

「子どものときに大川とつながった水路で二匹拾って中庭のほうに移した。そこで餌をやったりしているうち、どんどん増えてきたのだ」

「いまじゃ、嫌になるほどいます。ときどき這い上がって、台所のあたりもうろうろしています。食うかという話も出ています」

「おい、そんなことはさせぬぞ」

と、本気で怒った。

「これでわかった」

「何が？」

「亀が引っ張って、ろうそく立てがある程度、時間を置いて倒れるようにしたのさ。そこに人がいなければ、誰も疑うことができなくなる」

「亀が引っ張るですって？」

「庭にいる亀をよく見てみな。きっと甲羅に穴を開けられ、糸を結んだあとがある亀がいるはずだから」

と、竜之助が言うと、
おたえは訊いた。

「亀も持ってきましょうか？」

「いや、亀はいいよ。それは、屋敷のほうで真実を明らかにするときの証拠にしたらいいさ」

十

松平錦之助が颯爽と屋敷の門をくぐり、皆の前に姿を見せたのは翌日の朝のことである。

錦之助さまが生きておられた——下屋敷には、驚愕と安堵がほぼ半々の割合で広がっていった。

事情がまったく解明されておらず、親しい田安家の用人の忠告もあって、まだ上屋敷にも報告がなされていない。それは幸いだった。

「わしから直接……」

ということで、下屋敷にいる者が大広間に集められた。五、六人の奥女中や、護衛の瀬田甚八郎を入れても、せいぜい二十人と少しくらいである。

「湯殿で死んでいたのは小幡玉右衛門と申す者で、脱藩し、浪人していた」

と、錦之助が皆を見回して言った。

「若の影武者でしたか」

用人の田辺備後が訊いた。

「そんなつもりではなかったのだがな。そうなってしまった」

「若は、どこに隠れておられたので」

「ここから近い町人たちの長屋だ。その浪人者がわしと顔かたちがそっくりなことを利用し、しばらく立場を換えてみることにしたのだ。気ままな暮らしがしてみたくてな」

「なんと」

「だが、まさかこんなことが起きるとは思ってもみなかったのだ。ここで起きたことも、おたえを通して聞いていた。面白いものでな、傍目八目というのか、現場を見ていないから逆に冷静に考えられたりもする。その場に駆けつけた者なら、犬に嚙み殺されたと思うだろうな。だが、わしにはそれは巧妙なごまかしに思えた。玉右衛門は犬の騒ぎの前に、すでに殺されていた」

「馬鹿な。犬が騒いでいるときに、若さまの悲鳴もいっしょに」

と、瀬田が叫ぶように言った。

「声だけであろう」

「それは」

「誰か姿を見たのか？」

誰も見ていない。

「わたしは見ましたが」

と、瀬田が言った。

「ふん。そなたが、声を出した。悲鳴のような声で、犬の鳴き声と混じり合い、区別などつくものではない」

「では、誰が玉右衛門とやらを？」

と、用人が訊いた。

「玉右衛門を殺したのは、最後に生きた玉右衛門を見た者に決まっておろう」

皆が瀬田甚八郎を見た。

「だが、犬に嚙まれた傷あとが」

「そんなもの、鉄の爪のようなものを指の先につけてな、喉首を摑むように息の根を止めたのさ。腕っぷしの強い者ならそう難しくはない」

「ううう」

瀬田甚八郎が追いつめられているのは明らかだった。

いきなり錦之助さまに斬ってかかるのではないか——警戒した家臣は、錦之助のそばに寄り添った。

だが、瀬田は動けずにいた。

やはり本物には、湯殿で殺害した贋者とはまるで違う迫力があるらしかった。

「湯に入って四半刻。仕掛けていたものがやっと動いた。それは中庭の池にいっぱいいる亀だ。歩みの遅い亀がろうそくを倒し、その炎が犬のシロの尾を焼いた。当然、シロは騒ぎ出し、そなたたちは駆けつけた。そこで初めて、あの玉右衛門の遺体を見つけたのだが、それはもうすでに四半刻前に死んでいた」

「そんな」

「瀬田、そなたは駆けつけたとき、妙なことをしたらしいな。しっかりなさいと、顔のあたりに何度も湯をかけた」

「それは、気を失った者に水をかけるつもりで」

「そうではあるまい。すでに喉の傷口が渇いてきていたので、それをごまかすために何度も湯をかけた。だがな、おたえによると、その身体はまったく濡れていなかった。四半刻も湯にいた者の身体がまるで濡れていなかったなんて、そんなおかしいことがあるものか」

見事な推理だった。

「若さま、いました」

と、おたえが一匹の亀を手にして大広間に入ってきた。

「その亀の尻のあたりに糸がついているのが見えるだろ？」

細い糸が揺れるのが見え、大広間はどよめいた。

十一

小幡玉右衛門の葬儀は、長屋でおこなわれた。脱藩浪人とは聞いていたが、いまさら同僚たちに死にざまを知られたくはないのではないか――そう思って、元の藩を調べたりはせず、一浪人として、弔いをおこなった。これに、錦之助とおたえ、それに福川竜之助も出席していた。

葬儀を終えて外に出ると、

「福川さま。錦之助さまの裁きはそれはもう、見事なものでしたよ」

と、おたえは報告した。

「最後、刀の鞘でどんと床を突くと、瀬田どのはすっかり恐れ入ってしまって」

「へえ」

「しかも、そのとき、渉外方の矢部さまのほうをすがるように見たものだから、この一件に矢部さまもからんでいることは見え見えに」

「そうだな」

「あのとき、矢部さまをじろっと睨んだときの錦之助さまの迫力。団十郎も顔負けというほどでございました」

いっきに株を上げたらしい。

錦之助は照れながらも、誇らしげな顔をしている。

「でも、おいらにとっていちばんの謎なんだが、瀬田という人はなんで錦之助さまが犬に嚙まれて死ぬなんて、突飛な死に方を考えたんだろう。なかなかそんなことは思いつかないもんだが」

と、竜之助は言った。

「それは、わたしには想像がつきます」

と、おたえは遠い目をし、

「わたしは瀬田どのと遠縁なのです。それで、瀬田どのの父の厳しさというのは、親類中でも話題になるくらいでした。何かあると、きさまなど、犬に嚙まれて死んでしまえ、というのが口癖だったのです」

「犬に嚙まれて死んでしまえ……」

「その言葉が、今度の思いつきと関係ないでしょうか？」

「あるだろうね」

と、竜之助はうなずいた。ずっと自分を押さえつけるようにしてきた重し。そ
れを別の人間にぶつける。そういう気持ちはわかる気がする。

心の奥底にひそむもの。人というのはなんて難しいのだろう……。

「おっと」

竜之助がおどけた調子で言って、足を止めた。小網町の長屋を出て、霊岸島の
下屋敷に向かう途中、崩橋（くずればし）という橋の上である。

「どうされました」

「いやね。橋のたもとの常夜灯の裏に、二人ほど殺気を秘めた者が」

「だが、瀬田も矢部も、すでに縄をかけ、屋敷内の座敷牢に入れてあるぞ」

「まだ、何人かお仲間が残っているのでしょう」

「馬鹿な」

と、錦之助は呻（うめ）き、

「もう、処分は拡大させぬ。このまま、静かにおさめるつもりだ。だから、無駄
なことはやめよ」

常夜灯に向かって言った。

「それでは武士の意地が立ちませぬので」

声がして、二人の武士が姿を見せた。

竜之助は初めて見る顔だが、どちらもかなり剣の修養を積んでいることはわかる。

「なにゆえにそこまでしつこくわしを？」

と、錦之助は訊いた。

「申し上げにくいが、いちばん上に立つお方は見た目も大事かと」

「うっ」

「難波(なにわ)の万歳師のような顔をなさった殿では、藩自体が軽く見られる。若が陰でなんと呼ばれているかご存じか。落ちたぼたもち……」

錦之助の身体が揺れ、それを奥女中のおたえが支えた。

——そんなことはない。

と、竜之助は思った。錦之助はじつにいい顔をしている。愛嬌があり、家臣に無意味な緊張を強いず、混乱のときも飄々(ひょうひょう)として、冷静さも感じさせる。この者たちは、負けた悔しさで、不必要に錦之助を傷つけようとしているのだ。

「おめえらのほうがよっぽど腐った顔をしてるぜ」

と、竜之助は言った。

「そうですよ。若さまはお人柄がにじみ出たいいお顔をなさってますもの」

おたえはそう言って、ぽっと顔を赤らめた。

「なんだと」

「死んでもらうぞ」

二人は刀を抜き放った。

錦之助も慌てて刀に手をかけたが、しかし、剣術の修行が足りていないのが一目でわかる構えである。

「抜いてもらうとありがてえんだ」

竜之助は十手を摑んだ。町方は武士に縄をかけることはできないが、町で暴れる狼藉者（ろうぜきもの）を取り押さえることはできる。

二人は左右に分かれた。まずは前に出た竜之助を二人同時に襲おうという魂胆だろう。竜之助は右に走った。

それに付いてこようとする男の腕に、振り向きざま、十手を投げつける。電撃を走らせなくともその痛みだけで刀を取り落とした。

投げた十手はそのまま宙を飛んで回転する。

「なんだ、これは」

左手にいた男が唖然(あぜん)として鉄のつばめに目をやるが、それはふいに向きを変えて男の刀の鍔(つば)を襲った。十手のカギが刀の鍔に喰らいついた。

「鍔を喰ったぜ」

と、言いながら竜之助は手首をすばやく振った。

「うわっ」

激しい衝撃が敵の腕を襲い、刀を取り落とした。

「悪がおいしいつばくろ十手……これ決めゼリフに駄目かな」

と、竜之助は言った。

十二

「福川どの。じつは、わしはな、そこに下屋敷を持つ三河吉田藩主松平康正(やすまさ)の一子、松平錦之助と申す」

と、名乗った。

「そうでしたか。松平さまの」

いまさら知っていたとは言いにくい。

「そなたには大変、世話になった。なんとか礼をしたい。これくらいでは足りないと思うが、ぜひ受け取っていただきたい」

錦之助がおたえを見ると、おたえは袱紗に包んだものを竜之助のたもとに入れようとする。

「いや、それは困ります。そういうものは、いっさい受け取ることはできませぬ」

竜之助はきっぱりと拒絶した。

「なんてお堅い。町方では当たり前と聞いてますよ」

と、おたえが首をかしげると、

「そういうことが当たり前の世の中ではいけないと思っているのですが」

つい、ご政道批判めいたことを言った。ただ、ちらっとだけ、もらってしまってお寅のところに持っていけばよかったかな、とは思った。

「え、まさか、もしかして福川どのは……」

ご政道批判が錦之助の記憶を刺激したのか、
顔色を変え、

「あっ、そなた、いや、あなたは田安家の竜英さま」

と、言った。

「まあ」

おたえは息を呑み、慌てて土下座をしようとする。

「駄目だよ、おたえさん。そんなことされたら、おいらは困るんだぜ」

「あっ、そうですよね」

おたえもすぐに、竜之助の立場を察してくれたらしい。

「何度かお会いしたことがありましたかな」

と、竜之助は訊いた。

「はい。重陽の節句のときお城のご挨拶でもお目にかかっていますし、田安門のお屋敷でも何度か」

「その節は失礼した」

たぶん、それほど愛想よくしていないはずである。ああいう場所はとにかく苦手だった。

「田安の竜英さまがなぜ、町方の同心なんぞを？」

「そこは錦之助さまの浪人暮らしといっしょでして」

「とんでもない。いまや、田安の竜英さまを幕閣の中枢にという声がしきりに囁かれています」

竜之助はそれを聞くと苦笑し、

「おいらにとっては、町人たちの暮らしがあるところが中枢でね。ま、同心のことは内緒に頼むぜ」

人差し指を一本、自来也が印を結ぶようにそっと唇にあてた。

十三

「これくらいじゃ、何の役にも立たないかもしれませんが……」

と、鮒二が巾着を押して寄こした。鮒二は巾着長屋に住むスリである。三十半ばほどでお寅からすると、おとうと弟子に当たる。

「せいぜい一両と睨んだ懐に三両入ってました。睨んだ分の一両はいただきますが、残り二両はこちらで子どもの養育に役立てていただければ。いえ、傍で見て、お寅姐さんが大変なことはわかっていました。このところ、新しい着物を買ったようすもないし、新しい順から質に入れてるのでしょう、着物がどんどん古びてきている」

「もう、着物なんてものは、どうでもよくなっちまったのさ」

と、お寅は笑った。

それは嘘ではない。子どもたちが飯をいっぱい食べて大きくなる。丈夫な身体をつくる。まず、それが一番。それに比べたら、着物なんてものはほんとにどうだっていい。あれほど着物の柄や色に目の色を変えていたのは何だったのだろう。

「汚れた金は受け取れないね」

そんなふうに撥ねつけられたら、それは楽だろう。だが、この二両があったら、いまはすごく助かる。

最初に新太を預かったころは、子どもの一人や二人、どうやっても飯くらいは食わせていけると思っていた。ところが、子どもに飯を食わせ、さらに生きていく知恵をつけさせようなんて思ったら容易なことではなかった。金と人手のかかることといったら……。

「あんたも早くスリから足を洗って、まともに働いた二分を持ってきておくれ。汚れた二両より、きれいな二分のほうが嬉しいんだよ」

まるで芝居みたいな台詞を内心で言ってみる。だが、そんなことはない。きれいな二分より汚れた二両のほうがはるかに助かる。

また、一人、小さな子どもを預かることになるかもしれない。

昨日、町役人から頼まれたのだ。近所の長屋から罪人が出て、まだ三つの子が置き去りにされそうだという。「お寅さんのところなら安心だし」と、ぬけぬけとそう言った。このあいだまで、巾着長屋を目の敵にしていたくせに。

いま、いちばん小さい子でも五つになっている。三つと言ったら、赤ん坊に毛が生えた程度で、いままでの子の倍も手がかかる。

しかも、いまでさえ足りない費用がさらにかさむ。

「ありがたくいただくよ」

と、お寅は頭を下げた。

「どうぞ」

鮒二は照れた。

「でも、このために余計な仕事なんかされちゃ困るよ」

「わかりました」

鮒二は路地の奥へもどって行った。

かわりに路地へ入ってきたのが、津久田亮四郎だった。

人の役に立ちたい、子どもと遊ぶのが好きだというので、ひと月ほど前からここに通って来ていた。武士の子だろうが、どうも訳があって、いまは町人の家で暮らしているらしい。そのせいもあるのか、偉ぶったところはまったくない。

「さあ、約束の釣竿を持ってきたぞ」

亮四郎は子どもたちに向かって、こぶりの釣竿を五竿かかげた。

「うわぁい」

「釣れるぞ。なんせ、釣りの名人がつくってくれたものだ」

たぶん嘘ではない。亮四郎を助けて育ててくれている家の年寄りは、いまでこそ近くの海でしか釣らないが、かつては佃きっての名人と言われたという。

「小さな雑魚から大物まで、これ一本で間に合うぞ」

「凄い」

「さっそく行こうよ、津久田さま」

子どもたちがすがりついて催促する。

「よし、行こう」

と、振り返って、

「お寅さん。では、柳原土手あたりで釣ってます」

「はい。よろしくお願いしますね」

こうして連れ出してもらえれば、とりあえず四半刻ほどは一休みできるし、静かなうちに繕い仕事もできるというものである。

お寅のところに通ってきている津久田亮四郎は、ほんとにいい若者だった。

だが、お寅は気になっていた。

この前、福川竜之助が津久田亮四郎を見たとき、驚愕の表情が走ったのである。一瞬のことだったが、お寅は見逃さなかった。

——あれはいったい、何だったのだろう。

お寅は首をかしげた。

第二章　牢屋の幽霊

一

「てめえ、今晩もまた騒いだら、ぶっ殺すぞ」

「へえ」

ほんとに殺されそうな剣幕に、銀太は首をすくめた。

昨夜、銀太は幽霊を見た。まさか、こんなところで幽霊に会うとは思わなかった。ここは小伝馬町の牢である。

夢だったかもしれない。同じ牢にいるほかの囚人はそんなものは見なかったらしい。

「凄いうめき声だったじゃねえか」

と、三次郎という男が言った。丸い顔で小じわが多く、いわしの団子のような肌をしている。盗人らしいが、くわしいことはわからない。

「そうですか」

悲鳴は上げたが、うめいていた覚えはない。

「おめえ、幽霊を見るなんて、こそ泥というのは嘘っぱちで、ほんとは人殺しでもしてきたんだろう」

「滅相もありませんよ」

だいたい、あの幽霊に見覚えはなかった。ということは、おいらには何も関わりのない人間の幽霊ということだろう。

銀太は本来、小伝馬町に入るほどの悪党ではない。猪牙舟の船頭をしていて、浜町の河岸では一、二を争うくらいに速いとも言われている。ただ、手癖がよくない。

それでも、だいそれたものは盗まない。番屋で叱られ、盗んだものを返してなんとか許してもらう程度の、悪人というよりは阿呆である。

それが今回は、間違ってたいそうなものを盗みそうになった。みすぼらしい婆さんが、じつは大店のご隠居で、小さな包みに入れていたのは金の大黒さまだった。

助かったのは、米沢町(よねざわちょう)の長次(ちょうじ)親分のおかげだった。

「いったんは小伝馬町に入るかもしれねえが、四、五日で出られるようにしてやる。首が飛ぶよりはましだろ」

と、約束してくれた。〈お情け長次〉と呼ばれる評判の親分である。

入ってすぐの夜に、幽霊を見た。今日は二日目の夜である。

――早くぐっすり寝てしまえば、幽霊なんざ見なくてすむ。

そう思って、飯を食い終えると早々に、頭からふとんをかぶって寝てしまった。

何刻(どき)くらいだろう。牢は真っ暗で、窓がなく、牢番がまわってくるまで時刻なんか見当もつかない。

「銀太さん、銀太さん……」

誰かが呼んでいた。

昨夜と同じ声である。

今日は見ない、と目を開けるのを我慢した。幽霊だって、相手をしなければいなくなるに違いない。

枕もとが静かになった。いまは何の気配もない。

そっと目を開けた。

幽霊もじっとこっちを見ていた。

「ひっ」

昨夜見たのと同じ、きれいな女の幽霊だった。

二

福川竜之助が見回りを終えて、同心部屋にもどってくると、

「最近、出るんだってよ」

という先輩同心の大滝治三郎（おおたきじさぶろう）の声が聞こえた。

「何が？」

と、大滝の同僚が訊（き）いた。

「出るといえば、幽霊さ。ちっと遅いがな。晩夏の幽霊ってのも味わいがある」

「何言ってやがる」

「ただ、出るところが面白いんだ……」

大滝は来たばかりの竜之助を見ながら、

「小伝馬町の牢屋敷に出る」

と、言った。

「へえ」

同心部屋全体から声が上がった。

竜之助はそんな話を聞きながら、自分の机の前に座った。

もらいものらしい甘納豆とお茶が置いてある。皆、その甘納豆を食いながら、おしゃべりに興じていた。

「だが、昔はよく出たんだ、あそこには」

と、年寄り同心が言った。

「わしも聞いたことがある。なんでも牢役人が牢からもどってきたら、肩の上に八人ほど幽霊が乗っていたこともあるらしい」

やはり、古株の同心が言った。

「ひえーっ」

と、女みたいな声も上がった。

だが、小伝馬町の牢屋敷に出るのはそう不思議でもない。あそこは奉行所と違って、処刑がおこなわれる。しかも、牢の中で病死する場合も多い。

死人の出る確率で言ったら、江戸でいちばん高いところである。当然、幽霊が出てもおかしくはないし、逆に、死んだらあんなところからはさっさと遠ざかりたいので、あそこらには出ないという説もある。

「だが、最近はめずらしいな」

「そうなのさ。それで、友人の牢役人が、わしに頼んできた。なんとかしてもらえないかと」

「幽霊を捕まえてくれってか？」

「そんなこと、自分のところがやるべきだろうって言ったんだ」

「そりゃそうだ」

「ところが、牢の中だけではすまない気がすると」

「どういうことだ？」

「そいつも見たんだそうだ」

「幽霊を？」

「そう」

「だったら本物なんだよ、大滝さん」

と、やはり定町廻り同心をしている矢崎三五郎（やざきさんごろう）は言った。

「それが、見た当人は、あれは幽霊じゃねえと」

「へえ」

と、竜之助も興味を持ち、

「なんで、そう思ったんでしょうね？」

「そそくさと引っ込む姿が、人の格好という感じがしたんだとさ」

大滝が答えた。

「感じか」

と、矢崎が馬鹿にしたように言った。

「いや、そういうのってけっこう当たると思います」

竜之助は反論した。

「それは、またぞろ福川の出番かな」

矢崎が嬉しそうに言った。

三

結局、頼まれた大滝治三郎ではなく、福川竜之助がその調べを担当することになった。珍事件に強いという評判のおかげである。

見習いだから勝手に調べを進めるわけにはいかない。

いちおう、直接の上司ということになっている矢崎三五郎に相談するほうがいいかもしれない。奉行所の外で、見回り同心たちが出動するのを待っていた岡っ引きの文治も、

「そうなさったほうがいいですよ」

と、竜之助に忠告した。無視したりすると、恨みを買うかもしれないというのが、文治の心配するところだった。

奉行所を出たところで、矢崎に声をかけた。

「どうやって、調べを進めればいいでしょうか？」

「そんなことといちいち訊くな。おめえはどうするつもりだったんだ？」

と、逆に訊かれた。

「なんか、先に入っている囚人たちが気になりますよね」

「そりゃそうだ」

「あ、気になりますか？」

「おいらなら、その囚人の中に殺しの下手人がいるかを調べる」

と、矢崎は言った。

「なるほど」

「いたら、そいつのところに化けて出た幽霊とわかるだろうよ」

「じゃあ、やっぱり幽霊は本物だという説なんで？」

「本物で何が悪い。おめえは、幽霊がいねえとでも思ってるのか」

「絶対にいないとは言いませんが、見た人が人の格好のようだったと」

「ふん」

　と、そっぽを向き、

「じゃあ、福川はなんで囚人が気になるんだ？」

「だって、人っぽくて人が化けてるんだったら、その中の囚人がいちばん臭いじゃないですか」

「そりゃそうだ」

「囚人のうちの誰かが化けているのか、あるいは何か仕掛けがあるのか、そして何のためにそんなことをするのかを調べます」

　竜之助がそう言うと、

「だったら、まず、福川が中に入れよ。小伝馬町の牢に」

　と、意地悪そうな顔で言った。

文治は竜之助が気を悪くするのではとハラハラした。

「おいらが牢に」

「そうさ」

「そりゃあ、面白いですね」

と、気を悪くするどころか、嬉しそうな顔をした。

「それがいちばん手っ取り早いじゃねえか。同じ囚人として腹のうちをぶちまけて話すのさ。いろんなことがわかるぜ」

「たしかにそうですね。おいらは別に、入ってもかまいませんよ」

と、竜之助は言った。

「旦那、ちっと待ってくださいよ」

と、文治が慌てて止めた。

「なんだよ、当人だって入ってもいいって言ってるだろうが。こいつもいい経験だ。一回くらい、牢がどういうところか、入っておくといい」

矢崎はいまにも竜之助を縛り出しそうな調子で言った。

「矢崎さま。よく見てくださいよ。福川さまが牢屋に入る顔に見えますか？」

「ん？」

と、竜之助の顔を見て、

「見えねえな」

するど、竜之助は、

「いや、顔じゃ人の心はわかりませんよ。それに、おいらだって心のどこかにろくでもないことをしでかす悪のタネを持ってるかもしれねえし」

と、言った。

「それはあっしにもわかりません。福川さまの心の深いところまでは。大事なのは、牢にいる悪党どもが、入ってきた福川さまを見て、仲間が来たと思うかどうかです」

と、文治が言った。

「そりゃそうだな」

と、矢崎がうなずいた。

「探りに来たと誰もが思いますよ」

「うむ」

「福川さまに、誰が何を言います？　だったら、無駄ってことでしょう」

「ああ」

矢崎はうなずいた。意地悪なところはあるが、限度を超えて後輩を苛めるようなことはしない。

「しかも、ますます警戒し、ぴたりと動きを止めてしまうかも。それでも福川さまを行かせますか？」

と、文治は矢崎に抗議するように言った。

四

竜之助と文治は小伝馬町の牢屋敷に行って、大滝の知り合いの牢役人に挨拶をすると、とりあえず外側から牢を調べることにした。

小伝馬町の牢屋敷の広さは、およそ二千六百坪。高い塀と掘割で囲まれ、見張りの者も多い。町人地のど真ん中にあって、人目もある。

北側は神田堀で土手になっていた。

外部からの出入りはまず不可能である。幽霊だって難しいかもしれない。

中に入ると、牢も頑丈にできている。

窓は少なく、通路も限られている。

「じゃあ、中を見せてください」

「さあ、どうぞ」

と、中に通された。

女囚たちの檻の前を通ると、

「いい男だよ」

「同心かい？」

「あの人に捕まりたかったねえ」

などという声が聞こえた。

「いまの時期は囚人はそう多くありません。寒くなりかけたころや、年末は多くなります」

と、牢役人は言った。

銀太の牢は男の大部屋だった。ちょうど入れ替えがあり、五人出ていき、新しく三人が入ったという。

幽霊はその前から出て、昨夜も出たので、もし囚人が化けたとしても、その八人は除外できる。

いまは銀太を入れてほかに七人いた。

殺しの下手人もいる。牢名主の馬八郎で、なんともふてぶてしい面構えをしている。酔った上の大喧嘩で三人ほど殺した。だが、殺したのは男ばかりで、女の幽霊が出るとは考えにくい。

勘八(かんぱち)と、三次郎という二人組は盗みで捕まっていた。

二人は両国の人形屋から売上げを盗んで逃げた。売上げは十両あった。

十両盗めば首が飛ぶ。裁きになれば、そう宣告せざるを得ない。

だが、いろいろ手を回せば、命は助けられないこともない。じっさい、それくらいはどうにかする。奉行所も、やたらと罪を犯した者の首を斬りたいわけではない。

「命乞いには誰も動いていないのですか？」

と、竜之助は牢役人に訊いた。

「さあ。そんなようすはありませんがね」

「捕まえたのは？」

「長次という米沢町にいる岡っ引きだったはずです」

牢役人がそう言うと、

「あいつでしたか」

と、文治が言った。

「知ってんのかい？」

　竜之助が訊いた。

「ええ、同じころに下っ引き同士で駆け回った仲でさあ。いいやつですぜ」

「そういえば、前に大滝さんもそんなことを言ってたっけ」

「長次は十手術の名人ですしね」

「ほう」

「あいつが浪人者二人をぶちのめすのを目の当たりにしたこともあります。そりゃあ見事なものでした」

「もしかして、銀太を捕まえたというのも長次なんじゃねえのかい？」

　わきで聞いていた牢役人が、

「銀太の家も米沢町だと言ってましたな」

「なるほど」

　その銀太の話を直接、訊くことにした。

　外に出したいが、これくらいのことでは許可が下りそうもない。

　牢の隅で、格子越しに訊いた。

　銀太をこっちに呼ぶと、勘八と三次郎が不安そうにこっちを見た。

「おめえを捕まえたのは、米沢町の長次か？」

「そうですが」

「顔見知りなんだろ。許してくれてもよさそうじゃねえか」

「そうもいかないんでしょ」

と、銀太は殊勝げに言った。

「幽霊は毎晩、見るのか？」

「へえ」

「騒いだのは最初の一日二日だって聞いたぜ」

「うるせえって怒られるんで、いまは我慢してます。できれば叫びたいですよ、あんな怖いものはねえ」

「ほんとに幽霊なのか？」

「じゃあ、何だっていうんですか？」

「女の幽霊なんだろ」

「ええ。美人ですぜ」

「男が化けてるってことは？」

「あいつらがですか？」

と、銀太は男たちのほうを見て、呆れた顔をした。

たしかに、どう見てもむくつけき男どもだった。

五

銀太は約束よりも一日遅れて、六日目の昼過ぎに牢を出された。

無罪放免というわけにはいかず、細い棒で二十回ほど叩かれた。たいして痛くもないのだが、そのつどぐっと力を入れるので、痛みよりも疲労のほうが大きい。

へとへとに疲れて米沢町の長屋にもどり、まずは町内の番屋や、長屋の大家などに挨拶して回った。長屋から一人、罪人が出ると、周囲もさんざん迷惑をかけられる。

「ちっ、まったく肩身が狭いったらありゃしねえ」

ぶつぶつ文句を垂れながら、長屋で横になった。

晩飯には早いので、横になってじっとしていると、

「銀さん。出たんだって？」

と、おたけがやって来た。

この二年、付き合っている女である。馬喰町の旅籠で仲居をしている。器量はお世辞にもよくない。

「ああ、予定より一日遅れだ。まったく、ひでえ目に遭った」

「自業自得だろ」

と、言って、恨みがましく銀太を見た。

おたけは口は悪いが、根はやさしいところがある。くだらない悪事はするなといつも忠告してくれていたのに、また、こんな羽目になっちまった。銀太も、申し訳なかったという気持ちはある。

「そりゃそうなんだが、とんでもないヤツといっしょだった。五泊したんだが、毎晩、幽霊に脅されっぱなしだもの」

「幽霊？　この幽霊？」

と、おたけは両手を胸の前でだらりとさせた。

「そうなんだよ」

「まあ、男の幽霊かい、女の幽霊かい？」

「男の幽霊なんかいるのか？　いても、そいつは幽霊とは言わず、バケモノって言うのさ」

「美人かい？」

「ああ、凄い美人だった」

嘘ではない。流し目がぞっとするくらいに色っぽくて、幽霊でもいいからいっしょになりたいと思ったくらいだった。

「あら、まあ」

と、目を吊り上げた。

「しょうがねえよ。だいたいが幽霊ってのは美人と相場が決まっている。おめえも、美人になりたいなら、幽霊になるといいぜ」

「馬鹿言ってんじゃないよ」

と、おたけは嬉しそうに銀太をぶった。こんな馬鹿でも、いないとやはり寂しいのだ。

「銀さん。それはバケばらいに頼んだほうがいいよ」

と、おたけが思い出したように言った。

「なんだ、そりゃ？」

「お化けを払うからバケばらいって言うんだけど、最近、評判の娘さ。そのうち江戸中で有名になるだろうって人もいる。もう三十近い女なんだけど、小さくて子どもみたいに見えるんだ。でも、凄い力を持っていて、お化けを払ってくれるんだよ」

「へえ。おいらもとり憑かれたんじゃねえかと思うと、ケツのあたりが落ち着かねえんだよ」

「だろ？　おみっちゃんて言うんだけど、お化けを払うだけじゃなく、怖い思い出もきれいさっぱり忘れさせてくれるんだって」

「凄いな、そいつは。でも、その手の連中って、馬鹿高い金をふんだくるんだろ」

そんな金を払うくらいなら、怖いのを我慢して美人の幽霊に会う。

「そうでもないって。そっちはあたしにまかせなよ。あんたが、嫌なことはさっぱり忘れて仕事に励んでくれさえすりゃあいいんだから」

「そうか。じゃあ、まかせるよ」

と、銀太はうなずいた。

六

翌朝――。

銀太は猪牙舟を操って大川に出た。

昨夜はおたけが泊まっていってくれた。なんだか、また出てきそうで怖かったので、ありがたかった。

ぼろ舟だが、いちおう自分のものである。死んだおやじが遺してくれた。だから、一生懸命働けば食うには困らないのだが、手癖が悪い。

われながら情けない。

なんで手癖が悪いんだろう?

理由は子どものころにさかのぼる気がする。じつは、偶然、おやじのかっぱらいの場面を見た。やっちゃいけないことをやったと思った。おとっつぁんはそのうち捕まるんだと。しばらくすると、だから、おいらもやる――と思うようになった。

今度こそ、こそ泥からは足を洗うつもりである。

そのうち、うっかり変なものを盗んでしまったら、死罪になりかねない。

何がみっともないって、日本橋のわきにさらし首になるくらいみっともないことはない。まだ、反対側の魚河岸で、裸にされて刺身にされるほうがましってものである。

舟を出そうとしたとき、

「よう、銀太」

後ろから声がかかった。

背の高い、笑顔の男がいた。

「長次親分」

「昨夜のうちに見舞いに行きたかったんだが、ちっとごたごたしててな」

「そんなことは気になさらず」

「幽霊が出たんだってな？」

「そうなんでさあ。しかも、毎晩ですぜ。最後の晩なんざ、目をつむるのも怖くなりましたよ」

あの幽霊はおかしな幽霊で、さあ見ろ、さあ見ろとばかりに、姿をこっちの目に焼きつけるようにしたのだった。

「なんか言ってたかい？」

「幽霊がですか？　銀太、銀太とは言いました。あとは何も」

「ふうん。顔は覚えてるかい？」

「だいたい覚えてます」

「どんな幽霊だった?」

「いい女です」

「それじゃあよくわからねえ。どんな格好で、どんな顔をしてたとか、あるだろうよ」

「そう言われても、小便もらしそうになるのを我慢して、見るというより、目をつむってるのがほとんどですから」

銀太がそう言うと、

「情けねえな」

と、顔をしかめた。

「でも、親分も幽霊の顔や格好なんざ調べてどうなさるんで?」

「決まってるじゃねえか、捕まえるのさ」

そう言って、にやっと笑った。

「あっはっは。でも、思い出したくない気持ちがあるんでしょうね。なんか、ぼんやりはしてるんですが、浮かんでこないんです」

「ま、慌てるな。だが、先に入ってた連中のことで出てる幽霊かもしれねえ」

「なるほど」

「隠れた悪事をあばく参考になるかもしれねえ」

「ああ、たしかに」

「だから、なんとしても思い出してもらいてえんだよ」

長次がそう言うと、

「そいつは弱った」

と、銀太は頭を抱えた。

「どうしてだ？」

「バケばらいが来るんです」

「バケばらい？　なんだそれは？」

「じつはね……」

と、おたけが教えてくれた話をした。

「幽霊のこともすっかり忘れさせてくれるんだそうです」

「あのおみつがか？」

「ご存じで？」

「評判はな。だが、女子どもが夢中になっているだけで、ほんとにそんな力があるとは知らなかった」

岡っ引きの長次は、川っ端に立ったまま、銀太の猪牙舟をぽんと蹴った。

七

この日——。

銀太は日本橋近くで客待ちをしたのだが、なかなかいい客はつかまらなかった。これから吉原にくり出そうというような若旦那をつかまえると、舟代もはずんでくれるのだが、どれも大川を向こう岸にという客ばかりである。

こういうのは皆、商用だから舟代などもはずむわけがない。

銀太は途中、屋台で一杯だけ引っかけ、長屋にもどってきた。

バケばらいのおみつは、夕方になってから来ると言っていた。

面倒だったが、いちおう掃除はした。

もしかしたらいい女かと期待するようなことを言ったら、おたけが薄く笑った。そういう期待はまったく必要ないらしい。

おたけも来るはずだったが、急に宴会が入って準備のため来られないと、さっき連絡してきた。

「つま先まで払ってもらいなよ」

と、人を煤まみれになった人形みたいに言った。

腹が減ったが、おたけが炊いた飯があるので、湯漬けならいつでも食える。とりあえず、しばらく待ってみよう。

路地に面した腰高障子を開け、中から外を眺めている。

暮れ六つ（午後六時）が近づくにつれ、路地の地面が青く染まってきた。黄昏どきというやつである。

軒先をひらひら飛ぶのは、蛾のようにもこうもりの子どものようにも見える。羽のところにうっすら目玉のようなものが見えるので、蛾かもしれない。

肥った真っ白い猫がこっちをうかがうようにしながら路地を横切って行った。見たことのない猫である。ああいう猫が、化けたり、夜中に油を舐めたりするのではないか。

風が吹いた。

まだ落ち葉には早いはずだが、黄色い葉っぱが数枚、風に流されていった。

どこかで笛の音がした。ここらで笛の音はめずらしい。

「遅せえじゃねえか」

銀太はひとりごとを言った。

返事などあるわけがない。

「なんだよ、馬鹿野郎」

と、また言った。

誰かに見られている気配がある。気のせいかもしれない。

もう、外に明かりはない。銀太は、ひょうそくに火を入れた。安い魚脂の臭いが部屋に満ちた。

寒くなってきたので、路地に面した戸を閉めた。

どれくらい経ったか——。

横になってうとうとし始めたころ、

「銀太、銀太」

耳元で呼ぶ声がした。

小伝馬町の牢屋では、「銀太さん」とさん付けで呼ばれた。

そっと薄目を開けた。

閉めたはずの庭に面した戸が開いている。枕もとに何かいる気配がある。

「気のせいだぞ、気のせい」

必死で言い聞かせる。だが、じっさい呼んでいるのだから、気のせいということはない。

大騒ぎするわけにはいかない。

だが、悲鳴をあげたい。

いい匂いもしている。牢屋の幽霊は汗臭い匂いだった。こっちのは吉原の仲之町でおなじみの匂いだった。

ぐっと我慢してそっちを見た。

気味が悪いほどいい女がいた。

「うらめしやぁ」

と、幽霊は薄い笑みを浮かべて言った。

八

「うわっ、うわっ、うわああ」

結局、悲鳴を上げながら、長屋の路地に這い出した。腰が抜け、立って逃げることもできない。

だが、ひとしきり叫ぶと、すこし冷静になった。

長屋の路地にはいい風が吹いていた。爽やかで、澄んでいた。

ひぐらしが夜も鳴いていた。それよりも大きく、虫の声もしていた。

いったんはしんとなった長屋だったが、そう物騒なことにはなっていないと踏んだらしく、

「どうした、どうした？」

「なんか騒いでいたな？」

と、長屋の連中が顔を出してきた。

「幽霊が出た」

と、銀太は自分の家を振り返って指差した。

こっちの戸も向こうの雨戸も開いている。向こうの雨戸まで開けた覚えはないが、恐怖のあまり咄嗟にやったのかもしれない。

しばらく腰を抜かして動けなくなっていたが、番屋から知らせが行ったのか、長次親分まで駆けつけてきた。

「どうしたんだ、いったい？」

「また、幽霊が出たんですよ」

「なんだよ」

と、長次はつまらなそうな顔で周りを見渡し、

「さあ、もう、いいよ。おれが来たんだ。おめえたちはもう引っ込んでな」

　と、長屋の連中に言った。

　信頼の厚い親分に言われれば、聞かないわけにはいかない。長屋の連中はのそのそと自分の家にもどって行った。

「同じ幽霊か？」

　と、長次は訊いた。

「いや、違います」

「どんなふうに？」

「今日のはもっといい女」

「どっちが美人か、訊いてんじゃねえんだ」

「まず、かぶっていた手ぬぐいの柄と色が」

　ようやく、幽霊の姿を思い出したのだ。

「今日のはどうでもいいぞ。牢屋敷のほうをくわしく言え」

　と、長次は早口で言った。

「牢屋敷で見た幽霊は、手ぬぐいが赤い地で、小さな手鞠の柄でした。今日のは何もなかったです」

「それを姉さんかぶりに？」

「いえ、ただ、頭にだらっとさせただけでした。それと……」

「なんでえ？」

「手が妙なかたちをしてました」

「妙？」

「幽霊なら両手をこうだらりとさせますでしょ。牢屋敷の幽霊は指を一本、こんなふうに向けて」

踊りでも踊っているような、愛らしい格好だった。怨みも怒りも感じられない、とても幽霊には見えない姿だった。

「ははあ、なるほど」

と、長次が言った。

「何がなるほどなんで？」

と、銀太は訊いた。

「いや、何でもねえ。おれは急に用事を思い出した」

立ち上がって、長次親分は、尻はしょりしていた着物を下ろした。

銀太はふいに見捨てられた気がして、

「でも、また出たら、どうしたらいいんで？」

と、訊いた。

「なあに、もう出やしねえよ」

「え？」

その理由を訊こうとしたが、長次は急いで帰ろうと戸に手をかけた。

そのとき——。

「長次親分」

下っ引きらしい若い男が駆け込んできた。

「どうした？」

「その向こうの材木置き場で、若い女の死体が出たんです。どうやら殺しみたいです」

「なんだと」

呻くように言った。

「さ、親分」

「行かなきゃならねえところが……」

「奉行所の方々もすでに……」

駆けつけないわけにはいかないだろう。

下っ引きに袖を引かれるように、路地を出て行った。

見送っているうち、銀太は、

――あれ？

と、思った。なんだか、さっきの幽霊はどこかで見たことがあるような気がしてならなかった。

九

――やはり、勘八と三次郎が気になる。

と、竜之助は思っていた。五つの晩をいっしょに過ごしたのは、牢名主とあの二人だけである。牢番なども疑うべきだろうが、銀太を牢の隅に呼んだときの二人の目つきなど、怪しい感じがした。

二人のことを調べるのは意外に面倒だった。北の調べを南が蒸し返すのかいと、向こうの同心に嫌みを言われた。調書も見せてくれない。

だが、二人を捕まえたのは長次だったというから、住まいは米沢町かもしれない。番屋を訪ねると、やはりそうだった。米沢町の牛松長屋に住む駕籠かき同士だった。

しかも、牛松長屋で訊きまわると、駕籠かきの前に何をしていたかまでわかった。

勘八は芝居小屋の大道具係り、三次郎は小道具係りをしていたとのことだった。

——小道具？

小道具係りはいろんなものをつくる。面もつくるのではないか？

二人が盗みに入ったのは、両国の老舗の人形屋〈三日月屋〉だった。そこで小僧に見つかって騒がれ、腕っぷしの強い手代に殴られて気をうしなった。

そこで不思議なことがあった。

「盗みがあった日に、裏の隠居が亡くなった？」

と、竜之助は思わず訊き返した。

「ええ、いちおう調べていただきましたが、盗みとは関係ないだろうということで」

あとを継いでずいぶん経つ店のあるじが言った。

「調べたのは？」

「北町奉行所の花園さまが担当でしたが、くわしく調べてくれたのは米沢町の長次親分でした」

「なるほどな」

それにしても、偶然過ぎないか。

「死因は？」

「隠居家の玄関口で転んで、柱に頭を打ったのです」

「何だって？」

「いえ、もともと一度、中風で倒れ、足元がよろよろしていました。だから、転んでも何も不思議はなかったのです。表のほうで泥棒騒ぎがあり、その物音でも聞きつけたのでしょう。何ごとかと駆けつけようとして、つい転んでしまった。おそらく、そんなところだろうと」

「ふうん」

「しかも、柱の血痕と額の傷もぴったり合ってましたし」

そんなことは、隠居の頭を持ち、柱に叩きつければ、ぴったり合うのは当たり前である。

隠居家と表の人形屋とのあいだは、中庭になっていた。

ススキや女郎花(おみなえし)などが繁茂し、野趣(やしゅ)があふれるつくりだが、じつは手入れは行き届いている。いかにも人形屋らしい洒落(しゃれ)た趣味である。

中庭を抜け、店のほうに顔を出した。

混雑しているというほどではない。

いちばん忙しいのは、桃の節句と端午(たんご)の節句を前にしたあたりらしい。いまは、歌舞伎にちなんだような人形がよく売れるという。

広い店だが、左手奥に行くほど、人形が大きく、高そうになった。

「ここらはいま人気の人形師の作でしてね」

と、あるじが言った。

棚にずらりと人形が並んでいる。

——小伝馬町の牢に出たのは、幽霊だったんだろうか？

と、竜之助は思った。

きれいな幽霊。人形みたいに。

表情や手の格好もさまざまである。手ぬぐいの使い方も違う。

竜之助は棚から一つ、人形を手に取ってみた。精巧にできている。着物なども本物のようである。

「売り物なので、やたらに触らないでもらえますか」

あるじは言いにくかったのか、手代が竜之助に言った。

「そいつはすまなかった」

と、人形をもどし、棚全体をずうっと見た。

一瞬、目つきがぼんやりしたものになった。

「あ、そうか」

と言って、竜之助は人形屋を飛び出した。

十

岡っ引きの文治が神田米沢町の一画を通りかかった。三次郎の調べに手間取り、福川竜之助と待ち合わせた両国の人形屋に行くのに遅れてしまった。

どうせ、福川の旦那はあの方なりに調べを進めているだろう。おいらなんかいなくても、何の不都合もない。

人だかりがあった。

番屋の提灯(ちょうちん)も揺れている。

風の涼しい心地よい夜でも嫌なことは起きる。こういう夜は気持ちを安らかにして、虫のすだく声に耳を傾けていればいいのに。

「どうした？」

と、人混みをわけた。

地面に莚（むしろ）があり、小さなふくらみがある。遺体が置かれているのだ。足がはみ出ていない。この世でいちばん見たくないものかもしれない。子どもの惨殺死体。

見ると長次がいた。

長身なので、奉行所の同心や小者の中から頭半分ほど突き出ている。その顔がやけに難しそうに眉（まゆ）をひそめているので、よほどの事件が起きたのか。

そっと近づき、声はかけずにしばらく横顔を見ていた。

そのうち、ちらりとこっちを見ると、

「ん？　文治か」

と、言った。この数年、長次は北町奉行所の仕事を手伝っていることが多く、ほとんど会わなくなっている。

「殺しか？」

「それはわからねえ」

と、長次は言った。

するとわきにいた長屋の女房らしいのが、大きな声で言った。

「あれは殺しだって、親分。あたしゃ見て、聞いたんだ」

「何を？」

と、文治が訊いた。

「そっちの堀の向こうから見たんで、ぼんやりした影だけで顔とかはわからねえよ。でも、大人と子どもが言い争っていた。行くな、あたしの勝手さ……ってね。それで、子どもがすり抜けようとするのを、大人が押しもどした。そこで、影は見えなくなったよ。あれがそうだったんだ。あたしゃてっきり親子喧嘩かと思ったんだよ」

この女房の話を訊くと、たしかに殺し臭い。

「参考に聞いておくよ。おめえの証言だけを真に受けるわけにはいかねえんだ」

長次は冷たい口調で言った。

「ちぇっ、さっきから言ってるのに、聞こうとしないんじゃないか」

と、女房は不平がましくぶつぶつ言った。

「子どもか、死体は？」

と、文治はそっと女房に訊いた。

訊かれた女房は嬉しそうな顔になって、

「子どもみたいに小さいけど、大人の女だよ。もう三十にはなってる。おみっちゃんと言ってさ、そっちの長屋でバケばらいをしてたんだ」

「バケばらい？」

「お化けを払うんだよ。お化けが出たりする家には出なくしてやり、そこらで見た人にも二度と出会わないようにしてやる。なんせ、お化けを見てしまったら、ろくなことはないからね」

「お化け……」

銀太の見たお化けとかかわりのあることなんだろうか。

検死の同心が立ち上がって、首をかしげた。死因がはっきりしないのか。

長次がまた、こっちを見た。

「まだ、付き合いてえんだが、行かなくちゃならねえ」

と、文治は言った。

「おう」

と、長次は片手を上げた。

十一

――まったくあんなんで死ぬとは思わなかったぜ……。

と、長次は自分の運の悪さを呪った。

おみつをちょっと押しただけなのだ。それがあれほど軽く飛んで、頭をぶつけるとは。屏風（びょうぶ）だってあれほどかんたんには倒れない。

しかも、頭の骨がよほど薄かったのだろう。平たい材木に当たってつぶれるなんて、ふつうはありえないだろう。

銀太が思い出す前に、お化けの記憶を払ったりして欲しくなかった。だから、とりあえず今日は行かないでくれと頼んだのだ。

人けのないところなので、一昼夜くらいは見つからないだろうと思ったが、あれほど早く見つかってしまうなんて。

それもついてないところだった。

だが、いつかこういう日が来るような気はしていた。

おかしな道に入ったのは、勘八と三次郎に同情したからだった。腕のいい大道具と小道具の職人だったのが、看板役者と疎遠になり、追い出された。

二人とも三十ちょっと。同じ世代である。若いときの体力も衰え出し、そろそろ身も固めなければならない。そんなときに起きる人生のつまずき。他人ごとではない。

同情から付き合うようになったが、切羽詰まったのか、駕籠かきをしながら盗人までやるようになった。

一度、見逃したら、一両の礼をくれた。これをもらって、ますます深みにはまった。

両国の三日月屋は、長次が昔から面倒を見ていた。あの強欲な隠居が、貯め込んだ五百両の隠し場所を長次に教えた。頭が惚けてきていた。カギと金庫のありかがわかって、黙ってみている手はない。

それを勘八と三次郎に狙わせた。

カギを奪ったはいいが、隠居に見つかった。ところが、隠居は本当に足がもつれ、転んで柱に激突した。

驚いて、逃げた。向こうから屈強な手代が来た。咄嗟に人形に隠した。逃げ切ったら取りに行くつもりだった。

長次は駆けつけたが、人がいてくわしい話はできない。

「カギは隠した。金庫はそのまま……」

とだけは聞いた。

そのまま捕まればよかったが、二人は隠居家のことをごまかすため、店の売上げを懐に入れた。これがまた、十両あった。

このままだと刑が執行されてしまう。

十両ぎりぎりだが、首は落ちる。

早く何とかしてもらいたいと、焦っていることだろう。

以前、まさかこんなことがあるとは思わず、二人に捕まったときの話をした。奉行所の与力か、町役人に手をまわし、打ち首を回避してもらう。それには金がいると。

いま、金はある。もう一度、惚けた隠居が物置に隠した金庫に金を取りに行けばいい。カギはあいつらがどこかに隠した。その場所だけがわからなかった。

あいつらも、早く、カギの隠し場所を伝えたいのだ。

伝えたいが方法がなかった。

長次だって、早くなんとかしたい。

もしも刑が執行されることになったら、土壇場であいつらはべらべらしゃべるだろう。カギのありかも、おれが共犯だということも。カギが出れば、おれだって言い逃れはできなくなる。

土壇場まで行かせないためにも、助けなくちゃならねえ。

だが、たぶん、おれも小伝馬町の牢も見張られている。そんな気がする。いつも誰かに見られている感じ。焼きが回っているのだ。もう、うかつなことはできない。

それで銀太を入れた。

「おれに捕まったと言え」

そう言っておいた。やつらも、こいつに伝えろという意味かと察知するだろう。勘八はともかく、三次郎は見た目よりもかなり賢い男である。

幽霊になるとは思わなかった。あいつは何からでも面をつくると自慢していた。たぶん、米の飯を集めて、幽霊のきれいな顔をつくったに違いない。用がなくなりゃ、汁に入れて喰ってしまえばいい。

だが、わかってみれば、それより確実な方法はない。

うまいことやったと舌を巻いた。

幽霊に見せて、隠し場所をちゃんと伝えたのだ。あいつらが捕まった場所を思い出したら、すぐにぴんと来た。

おみつ殺しの調べは同心たちが進めるのにまかせ、長次は具合が悪くなったと言って、あそこを抜け出した。

急いで両国の三日月屋にやって来た。そろそろ店を閉めようというときだった。

「あ、親分」

見覚えのある手代が寄ってきた。

「ちっと人形を買わせてもらうぜ。女のみやげにするんだ」

行きつけの飲み屋の女にやるつもりだった。さっき、幽霊に扮してもらったお礼もしなければならない。

「では、安くさせてもらいます」

「なあに、そんなことはいいんだ。それより、見た目のいいのをな。姉の娘なんだが、いろいろ好みがうるさいらしいんで」

適当なことを言った。

「どうぞ、ゆっくりご覧になって」

奥のほうに行って、長次は一体の人形の前で足を止めた。

手ぬぐいを姉さんかぶりではなく、だらっと垂らしている。

赤い地に、手鞠の柄。

顔はちょっと傾けて、右に流し目を送っている。

右手の人差し指を踊りのしぐさのように顎(あご)のところに持ってきている。

これだけでわかった。

「あの人形を買いてえんだ」

「かしこまりました」

ここでは見ない。

店の外に出る。

ちょっと離れたところで確かめる。胸元、たもと、どこにもない。

――なんてこった。

早く開けないと、三日月屋のあるじが金庫のありかとカギがないのに気づいてしまう。

カギなんざ換えられたら終わりだ。

「くそっ」

地団駄を踏んだ。

「あいにくだったな。カギはこっちなんだ」

後ろから声がかかった。

南町奉行所の同心、福川竜之助と、岡っ引きの文治が立っていた。

十二

「やっぱり、見張られていたかい？」

と、長次は言った。

「見張られて？」

文治は首をかしげた。

「牢の中の二人から何から、おれたちのやることを全部見てたんだろ」

「いや。全然、見張ってなんかいねえぜ」

「なんだと」

長次は愕然（がくぜん）とした。

「そうか。おめえは見張られてると思ったから、こんな手の込んだ伝達方法を取ったのか」

わざわざ手間をかけ、幽霊を出して、外の者に伝えたいことを伝えた。

「嫌なこと言うなよ」

腕利きの岡っ引きが、次々に失態を明らかにされているような顔をした。

「幽霊なんか出すから、調べに入ったのさ」

「まったく、あの野郎が昔、小道具係りをやってたからな」

「お面も出たぜ」

見事なお面だった。飯粒をつぶしてかたちを整えていき、最後は水でていねいになめらかにしたのだろう。肌のきれいさといったら、女たちですら羨むくらいだった。

これをかぶって三次郎が幽霊に化けた。完璧に固まった表情。さぞや凄惨な気配が漂ったことだろう。

「そこまで調べたかい」

「まったく、おいらには信じられねえよ。昔、悪党と戦おうと酒を酌み交わしていたおめえがこれだもの」

文治は心底、悲嘆していた。

「捕まりたくねえな」

と、長次は言った。

「だが、証拠は握ったぜ」

「いまはまだ、あんたらの手の中だろ。ほかには奉行所の方たちも知らないんだろ」

「ああ」

「だったら、まだ間に合う」

と、真剣な顔で言った。

「おい、まさか」

「だって、この先、どうなるかなんてわかりきってるじゃねえか。どっちに転んでも打ち首なら、逃げられるかもしれない道を進むだろう」

「おいら一人ならなんとかなるかもしれねえ。でも、福川さまには勝てねえって」

竜之助は文治の後ろで黙って立っている。

「それはどうかな。捕り物ではずいぶん腕自慢の侍とも立ち合ったぜ。みんな、そうでもなかった。侍同士で稽古してちゃ駄目だ。遠慮ってのがある。町人とやらなきゃ」

と、からかうように言った。

「そこまで決めたなら、しょうがねえな」

と、文治は十手を出した。

「おめえじゃ勝負にならねえって」

そう言いつつ、長次も十手を構えた。

「だから、実戦はわからねえってよく言うだろ」

文治が先に打って出た。

十三

柳生全九郎は足を止めた。

ここは両国の裏道だった。お寅のところの子どもたちと遊び、佃島に帰ろうとしていた。いつもは舟など使わないが、今日はめずらしく大川を下って佃島の浜辺に出てみようと思ったのだった。

最初、音だけ聞いて、斬り合いかと思った。

だが、音は違っていた。刃ではなく、鉄の棒同士がぶつかり合う音だった。

そっとのぞいて見て納得した。

妙な戦いがおこなわれていた。

岡っ引き同士が十手で戦っている。訓練のようなものかと思ったら、どちらも必死である。

ただ、一方のわきで見ているのは、徳川竜之助だった。

——ほう。

途中から竜之助がかかわるのを期待した。

十手同士の戦いは初めて見たが面白いものだった。斬ることはできず、刀よりも短いので、殴りつける感じになる。

わきからカギが出ていて、もしも刀で戦うとなれば、あれは意外に厄介なものになるだろう。あそこに刃をはさみ、ひねったりすれば、折れたり、飛ばされたりする。

やはり背の高いほうが徐々に圧倒した。

カキーン。

と、音がし、一方の十手が弾け飛んだ。

殴りかかるのを、回るように逃げた。

「この野郎」

もう一度、殴りかかろうとするところに、竜之助が立ちはだかった。

「おいらが相手だ」

そう言ったわりに、刀を抜こうとするようすはない。

十手を取り出して構えた。

——なんだ、あいつ。

と、全九郎は目を瞠った。刀に対する意識がまるでうかがえない。丸腰で十手を持っているようなのだ。

——そうか、刀を封印したのか。

子どもを斬ったからだ。きっと、自分の心にある良心のようなものが疼いたのだ。

ふたたび、十手同士の戦いが始まった。

右、左と交互に打ちかかってくるのを、竜之助は軽く合わせながらかわした。合わせながら逃げているので、音はそう大きくない。

「くそ、へっぽこ侍めが」

手ごたえのないのに業を煮やしたらしく、真上から打って出た。竜之助はこれを初めてまともに受けた。

ガキッ。

と、鈍い音がした。

相手の岡っ引きがぱっと後ろに下がった。全力で打ちかかった十手を、竜之助の十手がまともに押し返した。衝撃は力の弱いほうに強くかかる。

「うわっ」

岡っ引きの顔が大きくゆがんだ。

骨が弱い男なら砕けたはずである。岡っ引きはどうにかそれは免れたらしい。

「利いただろう。十手も奥が深いぜ」

「てめえに教わらなくてもわかってるぜ」

「そうかな」

と、言ったとき、竜之助の手から十手が飛び立った。

――ツバメか。

と、柳生全九郎は一瞬、思った。

ツバメは大きく円を描きながら、一度、二度と旋回した。

「なんだ、これは」

「つばくろ十手という技なんだよ。おいらが考えたんだがな」

「くだらねえ」

紐を摑んだだけの竜之助に打ちかかった。

そのとき、旋回していた十手がふいに向きを変えると、水面を飛ぶつばくろのごとく、岡っ引きのまばたきの隙をぬうように滑空した。

がきっ。

と、十手同士がぶつかったとき、竜之助の右手が強く振られた。

「ぐわっ」

強い衝撃が腕から肩に走ったらしく、岡っ引きの手から十手が落ち、驚愕の表情でへなへなと座り込んだ。

——面白い。

と、全九郎は思った。

なんと、面白い術を考える男なのか。つばくろ十手。

旋回していた十手がふいに向きを変えた。その原理も見当がついた。たぶん、もう一本細い紐がついていて、それで方向を変えたりするのだ。

まるで、玩具を素晴らしく高度に、大人のものにしたみたいだった。だが、所詮、相手に致命的な損傷を与えるものではなかった。だとすれば、それは玩具の範疇を出ることはない。

――まさか。

あいつ、次にわたしが挑めば、あの技でわたしと戦うつもりなのか。

全九郎は、年上の竜之助がいじらしく思えた。

十四

凄まじい嵐になった。

雨まじりの強風が吹きすさぶ向こうに、名古屋城の天守閣が見えた。有名なしゃちほこは、小さな猫のように頼りなさげに見えた。

柳生清四郎は、一度、四日市の宿で中村半次郎を見失った。

つけていることを悟られたのだ。

――わしの気配を察知された……。

屈辱だった。

それもあって、我慢できなくなったのかもしれない。

宮の熱田浜でもう一度、中村半次郎を見つけた。

ただ、このとき雲行きはもう怪しかった。真っ黒い雲が西から広がってきていて、生温かい風が吹き出していた。

海のほうで雷が鳴った。

中村は熱田神宮のところを折れ、名古屋城のほうへ歩いてゆく。傘もなければ蓑もない。それは清四郎も同じである。

まだ昼前だというのに、あたりは黄昏どきの暗さにおおわれている。

武家屋敷が並ぶあたりに入ったとき、横殴りの雨が降り出した。風も強くなった。

中村は、屋敷のあいだに挟まれたような林の中に入った。柳生清四郎もそのあとにつづいた。

追いつ追われつしていることは、もうわかっている。

清四郎は中村半次郎に並びかけた。

ここはどうやら寺の裏手に当たっているらしい。楠や椿の大木が多く、雨風の勢いをだいぶやわらげている。道のあたりは、滝の下にいるように煙っていた。

雷鳴が轟いた。

一瞬、あたりは真昼にふさわしい明るさが満ちた。

「やはり、そなたと竜之助さまを戦わせるわけにはいかぬ」

と、柳生清四郎は言った。

道々、迷いながら来た。中村半次郎の挑戦は徳川竜之助にとってどうしようもない運命ではないのか。

だとすれば、余計な手出しは無用。

本来はそれでよかった。だが、竜之助はもう風鳴の剣は使わない。それどころか、剣すらも抜かないかもしれない。

運命は捻じ曲がってしまっている。

――わしの介入も許されるのではないか。

もう、風鳴の剣のことはどうでもよかった。あのけなげな若者を、死なせたくなかった。おそらくはすぐそこまで来ている新しい時代に、若者を解き放ってやりたい、それだけだった。

「どういうことだ？」

「竜之助さまはゆえあって、葵新陰流を封印された」

「封印？　くだらぬことをする。もうじき徳川の世は終わるのだから、いま、使わなければ使うときはなくなるぞ」

と、笑顔で言った。嵐の中ですら、爽やかな笑顔。

「それは、竜之助さまのこころの問題。そなたにとやかく言われる筋合いではない」

清四郎はきっぱりと言った。

「なんだと」

笑顔が消えた。

「わしが代わりを務める」

「そなたは？」

「代々、教授する者」

「ああ、その噂も聞いた。将軍家から遣い手を選別し、そのわざを伝える者がいると。そなたがそうか。それなら、継承者と戦う前にそなたと戦うのも面白いかもしれぬ」

「では」

「うむ」

二人は向かい合った。

柳生清四郎は静かに刀を抜くと、刃を横に倒した。無駄に剣を合わせるつもりはない。いっきに風鳴の剣で決着をつけるつもりだった。
――ん？
どこかにほかの人間の気配を感じた。
だが、もうそれどころではない。
中村半次郎は勢いよく刀を抜き放ち、その剣をまっすぐ天に突き立てるようにした。
風雨がまた強くなった。
すでに真上で雷が鳴り響いている。

第三章　関羽の夢

一

しばらく前の、まだ桜の花がぽつぽつと散り残っているころのできごとだった——。

矢崎三五郎と福川竜之助が町回りで歩いていると、

「泥棒」

と、声が上がった。

「おい、福川。泥棒だと」

「どこでしょう？」

西堀留川に架かった荒布橋から、東堀留川の親父橋まで向かう通りである。ここらは、下駄屋と雪駄屋、傘屋が軒を並べるため、「お天道さまが照っても、雨が降っても」というところから「照降町」とも呼ばれた。

大店の二階の雨戸が音を立てて開き、頬かむりした男が現れた。男は屋根に降りると、隣の屋根に移り、裏のほうに降りたらしい。

近くにいた犬が二匹、怯えたように吠えた。

すぐに若い男が飛び出して来て、

「どこに逃げた？」

と、叫んだ。

そのあとから店の手代らしき男たちが出てきて、

「若旦那。うかつに追ったりしちゃいけません」

「そうです。危ないですぜ」

軽率なふるまいをいさめているらしい。

「よし、まかせろ」

と、矢崎が言い、駆け出した。

すぐに竜之助も走る。

春の夜道を同心二人が走った。のんびり歩いたら気持ちのいい夜だろうに、矢崎といるとなぜかせわしないことが起きる。

「おめえはそっちだ」

「はい」

二手に分かれた。

尻をはしょって、全力で駆けた。

――いた。

男は橋の手前で立ち止まっていた。向こうに辻番の明かりが見える。

矢崎より先に追いつめたかと思った。それだとあとで恨みを買う。

だが、男は橋の下で待っていた猪牙舟に飛び移った。

大川は引き潮どきもあって、下流に向かえばたちまち遠ざかる。舟にはあと二人乗っていた。準備は周到だった。さっきの盗みも、おそらく行き当たりばったりというものではない。

「くそっ、逃げられたか」

矢崎がわきに来て言った。

「はい、申し訳ありません」

「なあに、おいらがこっちの道を選べばよかったんだが」

矢崎は足自慢である。自分が追えば、追いつけないものはないと信じている。

照降町の店にもどった。

皆、二階にいるというので、矢崎と竜之助も階段を上がった。

店の主人やら小僧たちが立っていて、番太郎なども駆けつけて来ていた。町方の同心があまりに早く駆けつけて来たのに驚いたらしいが、矢崎が、

「ちょうど通りかかったのさ」

と、言った。

「あいつ、やっぱり昼間の男だ」

と、若旦那は言った。

「昼間の男？」

矢崎が訊いた。

「ええ。歩いていたら、急に立ち止まって、『その下駄の音……』と、あたしの足元を指差したんです。それから後をつけてきたに違いありません」

「下駄の音でな」

「それで、下駄を盗まれたとでも？」

と、竜之助が矢崎の後ろから訊いた。

「いえ。下駄は盗まれていません。おそらくこの部屋にあって盗まれたものは将棋の駒だけです」

と、若旦那は廊下から部屋の中の将棋盤を指差した。

よく見る将棋盤である。隣には囲碁の盤があり、どちらもどっしりと重そうだが、埃がたまっていたり、傷があったりして、とくに立派そうではない。

「将棋の駒ねえ」

と、矢崎はつまらなさそうな顔をした。

「夕方、並べたりしたので、間違いありません」

「名品なのかい？」

「いやあ、ふつうの駒だったように思いますが」

「ほかに金目のものがありそうだがな」

「ええ。あります」

と、指差した先には、金箔を貼った狩野派らしい屏風絵があった。

「でも、そうしたものは何も盗られていません」

「こりゃあ、福川の出番かな」

と、矢崎は軽く竜之助の肩を叩いた。

「それより、ちょっとその下駄の音というのを聞かせてもらえますか？」

「はあ」

と、若旦那は怪訝な顔をしてもう一度階下に向かい、土間に降りて、下駄を履いた。

「そんなにいいものではないと思いますがね。近所の変わり者のおじさんが亡くなって、骨董部屋みたいなところにあったのを、あたしが可愛がってもらってたため、譲りうけたんです。ほとんどが仏像のたぐいだったんで、おやじが奥の間に飾ってますが」

履いてみせた。たしかにふつうの桐の下駄で、鼻緒などもとくにぴかぴか光ったりはしない。

「歩いてくれませんか」

竜之助が頼むと、

「こうかい」

土間を行ったり来たりしてくれる。

「ああ、なるほど」

なんともいい音が鳴り響いた。

二

それから四ヶ月ほどは経ったはずである――。

竜之助は三河町（みかわちょう）の巾着長屋に向かった。

今日は非番だったが、昼前に矢崎の手伝いに借り出された。ようやく解放されたあと、ひさしぶりに子どもたちのところと、大海寺（たいかいじ）の狆海（ちんかい）のところに顔を出すつもりだった。

巾着長屋には、柳生全九郎が来ているかもしれない。いや、全九郎はあそこで津久田亮四郎と名乗ってお寅の手伝いをしているという。

全九郎は生きていた。だが、それ自体は不思議ではない。

全九郎を斬ったときのあまりにかぼそい手ごたえに、刀を振り切らなかった覚えがある。致命的な損傷の一歩手前で止まったのだ。

全九郎は大川を流れていった。

生きていたことより驚いたのは、全九郎が大空の下に平気でいたことだった。

広いところが怖くて、天井や壁のあるところでなければうずくまるしかなかった。それは風鳴の剣を破るためという、それだけのためにつくられた性癖だった。

最初の戦いは、密室で戦うことによって風鳴の剣を封じた。

だが、二度目の戦いでは、全九郎は屋根に布を張り巡らせることで広いところの恐怖から逃れ、自らも風鳴の剣を使って挑んできた。

いまはもう、自由に空の下や広々とした場所でも歩き回ることができるみたいである。夜の大川を流されたことで、何かが変わったのかもしれない。

そして、全九郎がまたしても竜之助のそばに出現したということは、三度目の戦いがあるということだろう。

あの少年――いや、この半年ほどで全九郎は逞しくなっている――あの若者とは、一生戦いつづけるのだろうか。

今日の路地は静かだった。いつもなら、子どもたちが駆け回り、大人の叱る声が聞こえる。

子どもがいないのではない。縁台将棋がおこなわれていた。それを駒の動かし方さえわからない小さな子どももじっと見ていた。新太がいつになく本気になっている。その雰囲気を感じ取っているのだろう。

「ちぇっ、すごい手を打ちやがる」

と、新太が言った。

手前に新太、向こうに見知らぬ少年が座っている。

その少年の向こうに津久田亮四郎こと柳生全九郎がいた。

全九郎はちらりと竜之助を見た。かすかに笑みが浮かんだ。

三

新太は将棋が強い。

竜之助も何度か指したので知っている。

ただ、あまり品のいい将棋ではない。ときどき、盤面の駒を盗んで自分のものにしたりする。

「そんなことしたら、怒られるだろう」

と、言ったら、

「気づくヤツなんてほとんどいないよ」

悪いことをしているという意識など、まるでなさそうだった。

「おい、純吉（じゅんきち）」

と、新太は言った。

「なんだい？」

「その手を待ってはくれねえよな」

「前においらが新太に同じことを頼んだとき、将棋だけは待ってくれると思わねえほうがいいって言ったんだ。この世のあらゆるものが待ってなんかくれねえって」

「へえ。おれもずいぶん偉そうなことを言ったもんだ」

そう言って、もうひと踏ん張り考えたみたいだが、

「参った」

と、駒を投げた。

「じゃあな」

純吉は立ち上がった。

「ああ」

「次にやるなら飛車角落ちにするよ」

「……」

新太は悔しそうな顔でうつむいた。怒り出さないところが立派である。

「強いな、あいつは」

と、竜之助も後ろ姿を見送って言った。

「おかしいよ、あいつ」

と、新太が言った。

「何がだ？」

「あいつ、このあいだまでは将棋がまるで弱かったんだよ。好きだけど、ものすごく下手だった。好きこそものの上手なれとかいうけど、あいつは絶対にうまくならないとみんなが言ってた。でも、急に強くなったんだよ」

「誰かに習ったのかな」

「習ったって、あんなに急に強くなるもんじゃねえ」

「定跡（じょうせき）をいくつか覚えたんだ。それで急に序盤は強くなる」

と、竜之助は言った。

「それも違うな。前はあまりにも弱くて、おれは歩三枚と王だけでも勝ったんだぜ。いまじゃあのざまだ。定跡くらいであそこまで強くはならねえよ」

「ほう」

「ここらの大人もころころ負ける。やりたくないというのを、最近じゃ大人が勝ったら二十文やると約束して勝負してる」

「負けねえのか？」

「負けないね。いまじゃ、あいつの懐はそうやって稼いだ金でずっしり重い」

なんだか、その懐を狙おうというような顔である。

わきで見ていたお寅も同じことを思ったらしく、

「新太。つまらないことするんじゃないよ」

と、言った。

「このへんの子かい？」

と、竜之助はお寅に訊いた。

「ええ。すぐ近くの鎌倉河岸（かまくらがし）にある〈大島屋（おおしまや）〉という大きな酒屋の小僧ですよ」

「いくつなんだ？」

「歳は新太より一つか二つ上だったはずです」

新太は十一だった。

「あいつ、絶対変だよ、福川さま」

「なんで？」

「あんなに急に強くなるなんて。なんか怪しいから調べておくれよ」

と、新太は悔しそうに言った。

「馬鹿なこと言ってんじゃないよ、新太」

と、お寅が怒った。

「馬鹿なことかよ?」

「そうだろ。忙しい福川さまが、そんな将棋がどうしたなんていう、どうでもいい話にかかわる暇はないよ」

お寅の剣幕をなだめるように、

「そんなことはないよ、お寅さん。おいらも面白そうだと思ったぜ」

と、竜之助は言った。

四

すると、それまで黙って話を聞いていた柳生全九郎が、

「おかしなことは何もない」

と、言った。

「ほう」

竜之助は全九郎を見た。

「わたしは急に強くなった理由を直接聞いた」

「それ、みんなに言ってんだよ。ほんとかどうかわかんないぜ」

　と、新太が言った。

「どういう話なんだ？」

「関帝ってのがいるだろう。赤い顔をした」

「ああ。『三国志』の関羽のことだ」

「うん。そいつ。その関帝ってえのは戦の神さまなんだけど、三日三晩、純吉の夢枕に立って、将棋を教えてくれたんだそうだ。すると、どんどん頭に入ったんだと。しかも、ついには大きな戦略まで伝授してくれたってよ」

「関羽の戦略がな」

　それを学べば強いはずである。

「このあたりの将棋好きはみんな知ってるよ。あいつがしゃべって回ったんだろ」

「そういうことはあるのだ」

　と、全九郎は言った。

「あんたにもあったかい？」

　と、竜之助は全九郎に訊いた。直接、話すのはひさしぶりだ。

「あった。関羽ではなかった。人かどうかもわからなかった。だが、疲れ果てて、これ以上のことはできないというとき、声が聞こえた。導くような声だった」

「……」

「その声を聞いたときは、翌日、格段に強くなっているのがわかった。純吉も将棋が好きでずっとつづけていた。下手だ下手だと言われながら、いつも将棋のことを考えていたに違いない。それが、あるときついに、関帝の声を聞いた。それまで陥っていた無数の行き止まりが、三日三晩の教えで全部、わかった」

「ふうむ」

「そういうことは起きるのだ」

「よくわからんな」

と、竜之助は言った。

「わからんだと」

「ああ。急に強くなるときはたぶんある。だが、まったく駄目だったのが、いっきに免許皆伝級に強くなるなんてことはありえない気がするなあ」

「だから、あんたは駄目なんだ」

と、全九郎は吐き捨てるように言った。

その剣幕に新太や子どもたちは、驚いて全九郎を見た。そんな全九郎をいままで見たことがなかったらしい。

「津久田さん」

と、お寅がたしなめるように言った。

「でも、本当のことですよ。そういう信じられないできごとの中で、武芸は成長します。将棋や囲碁も同じでしょう。それをまやかしみたいに言うヤツは……」

「そこまでは言っていないさ」

「似たようなもんだ。だから、あんたは剣一筋の道を歩けぬのだ。奉行所の権威を借りないと生きていけないのだ。小役人根性。あんたに剣客の資格はない」

「いい加減にしなさい」

お寅が叱った。

「もういいです」

全九郎は踵を返し、長屋から去って行った。

「すごかったね、津久田さま」

と、新太が呆然と見送って言った。

「あの子はほんとにいい子なんですよ。でも、福川さまにはどうしてあんなに突っかかったのかしら」

お寅ががっかりして言った。

「天敵なのかもしれねえよ」

と、竜之助は笑った。

「あ、そういうのって、ありますよね。いい人同士なのに、なぜか馬が合わなかったりするのって」

「それはおそらく、ひどく似たもの同士なんだろうな」

「福川さまと、津久田さんが……それはないでしょう」

と、お寅は笑った。

「でも、津久田さまがあんなに言うくらいだから、純吉の話は本当なのかな」

新太がもう一度、将棋の盤面を見ながら言った。

「ううむ。まあ、難しい話はゆっくり考えるとしようや」

「そうだよね」

新太はそう言って、路地の外に出て行った。

一人残ったお寅がやっぱり気になるというように、

「福川さま。もしも、関帝の話が嘘だったり、違ったりしたら、純吉が急に強くなったという話はどういうことになるんでしょう？」

と、訊いた。

「不思議だよな。もしかしたら、それほど強くないのに、どこかで手を教えているヤツがいるか、あるいは……」

竜之助は腕組みをした。

「あるいは？」

「純吉は最初のころ、ずっと将棋が弱いふりをしてたかだろうね」

「なんでそんなことを？」

「さあてねえ」

と、竜之助もいまのところ、首をかしげるしかない。

五

──もしかして、あのことが関わってくるのか。

竜之助は春ごろにあった、ちょっとした騒ぎを思い出していた。

照降町の大店の若旦那が、下駄の音に目をつけられ、盗人に将棋の駒を盗まれた。下駄と将棋。ちょっと聞く分には、いったいなんの関係があるのだと思ってしまうが、じつはおおありだった。

駒の由来について、若旦那はまったく知らなかった。

江戸は職人が腕を競い合う町である。どんな仕事、どんな商品にも、かならず他から抜きん出た名人が出現し、その道に奥行きをつける。

将棋の駒も同様である。

その駒は、将棋の愛好家たちのあいだでは伝説の職人となっている下駄銀のつくったものだった。

下駄銀はその名のとおり、下駄の職人だった。照降町に自分の小さな店を持っていた。下駄のほうはそれほどいいものをつくるわけではなかった。

いや、いいものをつくろうと思えばつくることができたらしい。ただ、

「下駄はどんどん履いて、磨り減るものだろうが。そんないいものをつくったら、勿体なくて履かなくなる。そうしたら下駄じゃなくなってしまう。そんなものを偉そうにつくる職人は、職人じゃねえ」

と、とくに贅沢なものはつくらなかった。ただ、下駄銀の下駄は、履くとすぐわかった。音がよかったからだ。じつにかろやかで、歩くのが楽しくなるような

音を立てるのだった。

将棋の駒のほうは、下駄を削って出た屑木でつくった。ただ、自分が将棋を愛好したので、丁寧につくった。売り物にはせず、将棋の仲間や、いつも下駄を買ってくれるお得意さまにあげていた。

その駒は、黄楊などでつくられる高級品とはまったく趣が違っていた。下駄をつくる桐が材料なので軽い。盤面に置くときも、びしっという音は立てない。軽やかな、舞踏のような音を立てる。

その秘密は、材料が桐というだけでなく、後ろに下駄やぽっくりがいい音を立てるのと同じ工夫をほどこしたためらしい。

その軽やかな音の何がそれほどいいかというと、まるで宙を飛び回るような気分になって、打つ手もそれまでの自分では考えつかなかったような大胆で大きな視点に立った手が打てるようになるのだという。

「下駄銀の駒で打つと、一段上がる」

と言われるようになった。

下駄銀はもう二十年も前に亡くなったが、生涯で三十揃いほどの駒をつくり、残っているのは半分あるかどうかといったところらしい。

若旦那はそのことを知らなかった。

もしも金にしたら、百両は下らないということだった。

竜之助はもちろん、この盗人を追いかけた。

将棋の駒の名品を欲しがる愛好家たちの動き。

いまは閉じてしまった下駄銀の店だが、その親戚を訪ねてきた者。

そして、照降町あたりの怪しい連中と、若旦那のつきあい……。

だが、あまりにも手がかりは少なく、いまにいたるまで下手人は上がっていなかった。

将棋の駒の名品と、急に強くなった少年。それが関係あるという証拠はない。

だから、単なる思いつきなのだが、竜之助はやけに気になった。

六

「文治、頼みがあるんだ」

と、竜之助は言った。

奉行所の事件ではない。文治だって竜之助の用にだけ関わっているわけではない。忙しいのだから、勝手な用で使うのは気が引ける。

だが、文治はいつもの気さくな笑顔で、

「ええ、何なりと」

軽く引き受けてくれる。

「鎌倉河岸にある大島屋は知ってるよな」

「もちろんでさあ。甘酒のときの騒ぎではいつも大変でしたから」

東照宮さまが江戸に来る前からここで酒屋をしていたという大島屋だが、江戸っ子には甘酒のおいしさでも知られた。

三月のひな祭りともなると、なんとしても大島屋の甘酒を飲まなければならない。江戸っ子はそんなことについ夢中になる。

このため、二月の末あたりになると、甘酒を買うため江戸中どころか、江戸近郊からもどっと大島屋に殺到した。

ふだんは、酒やしょうゆも扱っている。だが、この期間は甘酒に限定しないとさばききれない。なにせ、酒樽をかついだ客が通りを埋めつくすほどになるのだ。

待っているあいだに、具合の悪くなる者もいる。順番待ちのことで喧嘩が始まったりもする。

このため、店では医者を常駐させたり、奉行所に頼んで特別に警戒してもらったりした。

こんな騒ぎがあるため、岡っ引きで鎌倉河岸の大島屋を知らない者はいないのである。

「あそこの小僧に純吉というのがいるんだが、どういうわけで大島屋に入ったのか、調べてもらいてえんだ」

「お安い御用で」

文治はまず繁盛する店の前に行き、純吉という小僧の顔を確認すると、手代で口の軽そうな者から当たり始めた。

店側には、とくに秘密にしていることはないらしい。調べはかんたんに進んだ。

「ああ、純吉ですか。あれは以前、うちが甘酒を卸していた品川(しながわ)の小さな店のせがれだったんです。そこは商売が傾き、うちに買い上げられました」

「へえ」

「幼い息子が路頭に迷うのもかわいそうだろうと」

「旦那はいつもそんなにやさしいのかい？」

「どうでしょうね」

と、もともと店のあるじのやさしさなんてものは当てにしていないというような顔で言った。

「ただ、うちの旦那は将棋狂いじゃねえですか」

「旦那もそうなのか」

「それで、あの純吉というのは、いまは腕もひどいが、そのうち神がかり的に上達するような気がすると、そんなことを言った人があるとか」

「へえ」

「ああいう、物事に凝る人は、自分と同じ趣味の者を集めたり、面倒みてやったりしたがるんですよね」

そういう傾向はたしかにある。

わざわざ自分より上手な者を育てて何が楽しいんだと思うが、自分の夢をかわりに叶（かな）えてもらいたいのかもしれない。

「その純吉のおやじはどうしてるんだい？」

店を乗っ取られ、せがれもいいように奪われて、いまごろは毎日嘆いているのではないか。

「いまは、品川の処刑場の近くで、あさりの殻むきをして生計を立てているという話でしたぜ。けっこう繁盛してたそうですがね」

文治は品川を訪ねた。

ここの宿場は、東海道を京都に向かって最初の宿場であるため、いつもたいそう混雑している。旅には行かず、宿場で遊んだだけで帰るという者もいる。

品川宿は北と南の宿場町に大別されるが、南品川の中ほどである。

「大島屋の甘酒」

という大きな旗が立っている。茶店になっていて、ふつうのお茶や団子も出すが、大島屋の甘酒はなにせ有名である。それを頼む客はやはりいちばん多いらしい。

文治も一杯だけ飲んでいくことにした。

若い娘が一人で切り盛りしている。朝と晩に、大島屋の手代らしいのが回ってくるらしい。それで売り上げを持っていくのだ。

この娘にくわしいことを訊いてもわかりそうもないので、すぐに腰を上げた。

品川の処刑場というのは、鈴ヶ森のことである。

純吉のおやじは、そこまでは行かず、立会川の近くの掘っ立て小屋のような家にいた。

「あんたかい、いまは大島屋のものになっている茶店のおやじだったのは？」

　文治が顔を出すと、

「ああ、そうだけど」

　悪びれずに答えた。

「恨んでるかい、大島屋を？」

「とんでもねえ」

　あさりの殻をむきながら言った。手つきはずいぶん慣れてきているらしい。

「恨んでるだろうよ」

　と、文治はしつこいくらいに訊いた。

「恨んでなんかいませんよ。むしろ、良心的に買い取ってくれた。バクチの負けもちゃらになったし」

「じゃあ、せがれの純吉が大島屋の小僧に入ったのはどういうわけだ？　感謝の気持ちか？」

　向こうは同情のつもりかもしれないが、そこまで卑屈にならなくてもよさそうである。それとも、長いものには思い切り巻かれろというのが、この一家の家訓でもあるのか。

「大島屋の小僧に？　本当ですか、それは？」

純吉のおやじは目を丸くした。

「おめえ、知らなかったのか」

「そこらにあった口入れ屋が持ってきた話でした。船宿の船頭見習いにどうだというんで、まあ、あいつはちっと足りねえが身体は丈夫なんでいいだろうと」

「足りないってことはねえだろう？　あれほど将棋が強いのに？」

「将棋が強い？　純吉のことですか、それは？」

「ああ、そうだよ」

「そりゃあ、変だよ、旦那。あいつが将棋を指してるところなんざ見たこともねえし、だいいちあいつは将棋の駒になんて書いてあるかも読めねえと思いますぜ」

と、純吉のおやじは首をかしげた。

七

大島屋和兵衛（わへえ）は、深川から本所（ほんじょ）にかけて五つの店を回ってきた。

本所の一つの店をのぞいて、あとはどこも順調な売上げを示していた。夏の終わりにこれだけ売ってくれたら、涼しくなったらさらに売上げは伸びる。ぱっとしない本所の店もまもなく儲けを上げてくれるだろう。全部、和兵衛が出店にした。江戸市中と周辺に、大島屋の出店が十五。

商売の手を広げることには、母親から猛反対があった。

「亡くなった父さんは、絶対にそれはやらないと言っていたよ。ときどき、買い取ってくれという話もあったけど、商売が散漫になると、引き受けなかった。あんたもそれは知ってるだろ」

もちろん知っている。

だが、商売にはやはり、冒険が必要なのだ。

それをバクチと言われれば仕方がない。

むしろ、将棋のようだと言ってもらいたい。

茶をすすっていると、小僧の純吉が通りかかった。

「よう、純吉」

「あ、旦那さま」

にっこり笑った。

歳のわりに幼い笑顔だった。

知り合いの口入れ屋から言われた。罪滅ぼしにどうですかと。何が罪滅ぼしかと思った。助けてやったと言っていいくらいなのだ。とくにあの店はあるじがどうしようもなく、どうせ女郎屋の借金でつぶれるところだったというじゃないか。

「大島屋さんのところは、買い取ったあとも人情味があるという評判が立ちますぜ」

とも言われた。それはそうかもしれない。

買い取った店のせがれは本店で雇い、食う心配はなくしてやったのだと。

しかも、あの純吉は、将棋の才能があるというではないか。顔を見たときは信じられなかった。よく聞いたら、それを言ったのは易者だというではないか。

そんなことだろうとうっちゃっておいたら、なんと本当に将棋の才能が目覚めてしまったではないか。

近所の大人たちがころころ負かされる――そんな噂も聞いた。

このあたりの連中は、将棋は強い。自分も子どものころから縁台将棋で鍛えられた。

そこで連戦連勝というではないか。

「どれどれ」

と、からかい半分で相手をした。

なんと、四十手で負けた。

「もう一番」

次は三十六手で投了した。

——神童を手に入れた。

と、大島屋和兵衛は思ったものである。

「今日は誰かと指したかい？」

「裏の長屋の新太というのと」

「長屋の子どもなんかと指して、かえって下手がうつるんじゃないのかい？」

と、和兵衛は機嫌よく笑った。

八

純吉は、あるじの機嫌のいい笑みに笑顔を返してから、外に出て行った。

詰め将棋の本を持って、鎌倉横町のほうに行くことにした。

あそこには二人、かなり強い隠居がいる。一人は湯屋の隠居で、もう一人は浪人者で内職で食べている人。どっちも香落ちで相手をする。

うちの旦那さまとどっちが強いだろう。同じくらいかもしれないが、旦那さまのほうが変わった手を打つので、勝負するには面白い。

旦那さまからは、店の仕事のほうはやらなくていいと言われている。将棋のことだけをやってくれたらいいと。

将棋のことだけと言われても困る。暇を持て余してしまう。浅草寺に行きたい。奥山で遊びたい。ここらは働き者が多くて退屈である。

それに、浅草には将棋が強い人も多い。賭け将棋に挑んでくる人には恐ろしく強い人もいたりする。

あのハラハラするような毎日は面白かった。

いまは楽な毎日。

これで飯が食えて、適当に銭も貯まるならこんないいことはない。

「よう、純吉」

と、声がかかった。

「なんだ、新太か」

　さっきも会ったばかりである。

　こいつはおいらとたいして歳が違わないくせに将棋が強い。さっきは角香落ちでどうにか勝ったが、じつは危ないところだった。もちろん関帝の夢ちゃんと教えてくれる人がいたら、もっと強くなるだろう。関帝の夢を見たくらいでは強くはなれない。

　新太のいるところは、近所から巾着長屋と呼ばれている。あそこに住んでいる人のほとんどがスリを働くらしい。

　純吉が育った長屋と、雰囲気がすごく似ていた。だらしなくて、いつも変な匂いがしている。住んでいる人はいつも怒っているか、笑っているかのどっちかで、生の気持ちを隠そうとはしない。大島屋の店の中のように、小さな声で、お互いの気持ちを出さずに話をすることもない。だから、居心地がいい。新太と話すと面白いということもあるが、あそこにはついつい行ってしまうのだった。

「おれは飛車角抜きなんか嫌だ。だったら、もうやらねえ」

　と、新太が言った。よほど悔しかったらしい。

「そうか。じゃあ、また角香落ちでやってやる」

「うん」

と、笑った。

「買い物か？」

純吉は訊いた。鍋を持っている。それに豆腐を入れてくるのだ。おれも母ちゃんが生きていたころは、よく豆腐を買いに行かされた。母ちゃんの湯豆腐は先にかつおぶしをどっさり入れるやつだった。豆腐がなくなると、それにしょうゆを足し、汁みたいに飲んだり、飯にかけて食ったりした。あの湯豆腐をまた食ってみたい。

「うん、お前はまた将棋か？」

「ああ」

「いいなあ」

と、新太は羨ましそうに言った。

「なにがいいもんか」

と、純吉は言った。こんな暮らしのなにがいいもんか。

角を曲がると、大人が三人立って、こっちを見ていた。どうせ、おれの噂をしているのだろう。

あれが将棋の天才だって。

だが、純吉は三人のうちの一人が、自分について怒ったようにこう言っていたのは聞こえていなかった。

「あれがあっしの息子だって？　冗談じゃねえ。似ても似つかぬ小僧ですぜ」

九

大島屋和兵衛はいちばんいい着物を着て、きつく結んだ帯をぽんと叩いた。

「今日の勝負は面白いぞ」

と、手代に言った。

「あまり熱中しすぎて遅くなりませんように。夕方から新しい買い取りのことで相談がありますから」

「そうだったな」

思い出して、そっちは取り消してもいいと思った。

駕籠を頼み、谷中に向かった。もう一つの駕籠には、今日の勝負の後見人になってもらう大島屋の将棋の師匠が乗った。本当はこの師匠をつれて行くのは気が進まなかった。

手堅いが常套すぎて切れがない。

むしろ、師匠ではなく、純吉を後見人にしたかった。

谷中の潮安寺に着いた。ここを指定してきたのは薬種問屋〈琉球堂〉の女あるじ、おきょうだった。

おきょうは未亡人である。

商売のことは番頭にまかせ、自分は将棋ばかりやっている。

いい女である。将棋好きの集まりで初めて顔を合わせた。以来、六番ほど指し、勝負はまさに五分五分だった。

ついこのあいだだったが、

「大島屋さんとは、命を賭けるような大きな勝負がしてみたい」

と、言われた。

どきりとした。

この女とは、男と女の関係を持つのも憧れるが、将棋の相手をしたい。緊張のときを共有したい。それはどれほど幸せな時間だろうか。

「ぜひ」

と、答えた。

「おからかいになっちゃ嫌ですよ」

「あなたをからかうことなどできませんよ」

とまで言った。

それが十日ほど前のことである。

「お待ちしておりました」

おきょうが門の前に立って、迎えてくれた。

つくづくいい女だと思う。

「大島屋さんとの一戦にふさわしい場所はどこかと考えましてね。〈平清（ひらせい）〉みたいな一流の料理店をおさえようか、それともわたしの家にお招きしようか、いろいろ迷いましてね」

「はあ」

おきょうの家というのもよかったのにと思ってしまう。

「むしろ、こうしたところでじっくり考えて指したほうがいいかと」

それがこぢんまりした谷中の禅寺だった。

おきょうの趣味のよさがうかがえた。

茶室に案内された。

障子戸は開けられ、向こうに竹林が見えている。そう大きな寺ではないので竹林の広さも知れていようが、窓で区切られているので逆に大きな竹林を想像してしまう。それが風にそよぎ、差してくる光が竹の葉によって細かく切り刻まれて茶室に届いてくる。

懐石料理の昼食をいただいた。

お膳が片づけられ、部屋の真ん中に将棋盤が置かれた。

一番だけという約束である。

それがいい。何番もやれば勝負に緊張感がなくなる。勝っても負けても一番だけ。

そのかわり、時間はたっぷりもらえる。

「では、まいりましょうか？」

と、おきょうが言った。

「楽しみにしていました」

「この日のために特別の駒を用意しています」

おきょうが出したのは、素朴な駒だが、それでもそこらの駒とは違う独特の風格があった。

「まさか、それは？」

「ご存じでした？」

「下駄銀のですか」

下駄をつくるかたわらにつくっていた駒だが素晴らしいものである。

和兵衛が昔から欲しかったものである。

この勝負がどんどん大きな舞台になっていくような気がした。

駒を並べ終えると、おきょうは覚悟を決めたように、

「すべてを賭けて、大島屋さんと戦ってみたい」

と、言った。

大島屋は胸が締めつけられた。

「わたしも」

「本気で言ってるんですよ。わたしの身も心も。いいえ、それだけではない。琉球堂の全身代を賭けてもいい」

「なんと」

薬種問屋〈琉球堂〉の年の売上高がどれくらいになるのか、くわしくはわからない。

だが、老舗である。有名な薬も二つ三つある。

おそらく、大島屋と競うくらいではないか。けっして不公平な勝負ではない。

「それが大勝負というものでしょう」

「よろしいのですか？」

おきょうの隣にいる番頭の金右衛門に訊いた。もう六十ほどだろう。女あるじ同様、将棋が好きで、和兵衛も手合わせしたことがある。おきょうよりもすこし落ちるくらいだった。

「わたしは構いませんよ」

番頭はうなずいた。

「受けて立ちましょう」

勝つか負けるかで、身代が倍になるか、すべてを失うか。しかも、負ければ自分の身体ごと預けてきそうな気配もある。

「ほんとによろしいのですね」

「二言はありません」

大島屋の返事に、隣に座った将棋の師匠も青くなっていた。

「では、始めましょう」

おきょうが先手を取った。

角の道を開けた。

ほとんど定跡どおりの手がつづいた。ここまでの大勝負ともなると、思い切った手も打ちにくい。

勝負はもつれにもつれ、休憩に入った。

休憩のためには、別室が設けられていた。

そこには、お茶や菓子が用意されていたが、将棋の盤面も駒も置かれていなかった。それがなければ、第三者と検討することはできない。

大島屋は畳の上にごろりとうつ伏せになった。それから小僧の純吉に命じて、背中から腰にかけて揉ませた。

じっさい、凝っていた。

だが、それよりも純吉と話がしたかった。

「だいぶこじれてきたよ」

と、大島屋は小声で言った。

「そうですか」

と、純吉は両方の親指をあるじの背中に突き入れるようにしながら言った。

「まだ、局面は大きく動いていない。だが、かならずいっきに動き出すときがくる。あの人の将棋も、あたしの将棋もそういう将棋だ」

「はい」

「ここぞという決定的な一手のときに、お前の意見が欲しい」

「それは、旦那さまのお役に立てるなら」

だが、後見人はすでに入っていて、純吉は近づけない。失敗だった。いま思えば、小僧を後見人にするなんて、馬鹿にされるのではと思ってしまったのだ。

一目見れば、純吉は局面を理解する。

なんとか一目見る方法はないものか？

「あ」

と、言ったのは純吉だった。

「旦那。おいらが頭を剃ればいいんですよ」

十

局面はぎりぎり煮詰まっていた。

おきょうも白くなるほどこぶしを握り締め、盤面を睨んでいる。

隣の番頭も真っ赤な顔でうなっている。

次の一手。

これで形勢はいっきに変わるはずだった。

大島屋が思っているのは三つの方法だった。

敵陣から飛車。王の頭から桂馬。あるいは、守りと攻めの両方に使う銀打ち。

どこに打っても有利に思えるし、どこに打ってもしくじるような気がした。

「ううむ」

と、唸（うな）った。

そのはずみで咳が出た。

「ごほっ、ごほっ、ごほっ」

むせたようなひどい咳だった。

すこしして廊下側の唐土（もろこし）の山々が描かれた襖（ふすま）が開いた。

頭を剃って小坊主の僧衣を着た純吉が、茶を持って現れた。剃ったばかりの頭は青々としている。意外に落ちついた足取りだった。

何も言わず、盆から茶を置いた。

最初に琉球堂のおきょうの前に。

「ありがとうよ」

何も疑っていないやさしい声だった。

小坊主はこくりとうなずいてから、ちらりと盤面を見た。一目でわかるはずである。

次に小坊主は、大島屋の前に茶を置いた。

もう一度、見た。ちらりというよりも長い。

二度、しかもじっくり見た。よほど難しいのだ。

そして、ついに見た。

小坊主の目が光を帯びながら右往左往した。目まぐるしく頭が働いたのだ。それからじつにさりげなく、小坊主の指が動いた。六、四、三。王が一、金が二、銀が三……、そう打ち合わせてあった。天才純吉の指示は六、四、銀だった。そして、小坊主の純吉は下がった。

「これしかないか」

と、大島屋和兵衛は言って、銀に手をかけた。軽くて、ひばりの飛翔のような下駄銀の駒。
六、四、銀を置こうとしたそのとき――。
廊下の障子の向こうで声がした。

「その手は打たないほうがいいですぜ」

福川竜之助の声だった。

十一

障子戸が開いた。三人の男たちがいた。

笑顔の男が、琉球堂の老いた番頭を見て言った。

「よう、金右衛門。ひさしぶりだな」

「大滝さま」

町廻り同心で、〈仏の大滝〉を自称する大滝治三郎である。

大滝は殺しなどの物騒な事件についても、そこそこ手柄は立てているが、じつはこの男が得意とするのは、町人たちの商いにまつわる犯罪だった。

詐欺、商売の妨害、でたらめな商品……そういったものを山ほど摘発してきた。

調べが進むにつれ、竜之助は大滝に相談した。

じっと話を聞いた大滝は、

「そりゃあ、乗っ取り金右衛門の手口だな」

と、言った。

「乗っ取り金右衛門ですか？」

竜之助は初めて聞いたその名をなぞった。

「悪い野郎なんだ、これが。福川、面白いのを引っかけたな」

と、大滝は仏には見えない嬉しそうな笑みを浮かべたものである……。

「上方に逃げてたと聞いたが、いつもどったんだ」

と、大滝は琉球堂の番頭に言った。

「逃げたなんて人聞きが悪い。それに江戸にはもう二年以上前からおりますよ」

「そうだったかい。もっとも今度の手口を見ても、いろいろ仕掛けをほどこしておかなくちゃならねえ。二年とまではいかなくても、半年くらいはかけてるはずだものな」

「何をおっしゃっているのか、さっぱり」

と、金右衛門は首をかしげた。髪はだいぶ薄くなっている。細面だがずっと穏やかな笑みを浮かべていて、乗っ取りを得意とするような悪党にはまず見えない。

「いま、大島屋の身代をまるごと奪おうとしてたじゃねえか」

「これは、なんというか将棋をするうちにムキになってしまった、賭けのようなものでして。あたしもおかみさんにさりげなくですが反対したんですよ」

「なにがおかみさんだよ。おめえのいい女じゃねえか」

大滝がそう言うと、

「えっ」

大島屋がうめいた。

憧れの女だった。妾(めかけ)でもいいというなら、財産のありったけをはたいたっていいと思った。それが勝負に勝てば、逆に向こうの財産つきで自分のものになるかもしれない。そんな勝負をしないやつがいるだろうか。

いい話だった。

町方に邪魔などして欲しくなかった。

——それが詐欺？

だが、符合することはある。

半年ほど前、大島屋は大きな店の乗っ取りをつづけて三店ほど成功させ、巷の話題を呼んだ。そんなとき、琉球堂のおかみが大島屋の前に現れたのだった。

「町方は人殺しばかり追いかけているわけじゃねえんだぜ」

と、大滝は言った。

「福川。四ヶ月前にも、将棋に関する事件が起きたよな」

「はい。照降町で将棋の駒が盗まれました。あそこで下駄屋を開いていた下駄銀と呼ばれた男がつくった駒です」

「これだ」

と、大滝は目の前の駒を指差した。

「愛好家垂涎（すいぜん）の駒。これを狙ったヤツは、やはり将棋の愛好家にいるのだろうと、ずっとその筋を当たってきました。ところが、なかなか怪しいヤツは出てきませんでした」

竜之助がそう言うと、後ろにいた文治がうなずいた。その調べでさんざん足を棒にしてきたらしい。

「ところが、あの通りで半年ほど前に、小さな薬屋が大きな薬種問屋に乗っ取られていたのがわかりました。その薬種問屋の番頭さんが、ここらに下駄銀という人がいたらしいねと、駒のことを気にしていたそうです。もちろんそれは、金右衛門さんのこと……」

「ううう」

「小僧の純吉が関羽の夢を見て、急に強くなったのはふた月ほど前。しかも、その小僧さんは大島屋さんが乗っ取った店のせがれじゃありませんぜ」

「なんだって」

大島屋がぽかんと口を開けた。

「口入れ屋の適当な嘘で、純吉を入り込ませ、さらに関羽の夢のことで神がかりの強さを信じ込ませた」

「なんと」

「純吉も将棋が強いことは強いが、その子より強いのは山ほどいる。上には上がいる。この勝負もおそらく、そこらへんに穴が開いていて、江戸でも指折りの将棋が強いヤツが、この勝負を見てる。それで、大島屋さんが六、四、銀を指したあとに、もっといい手が指されるのでしょう」

竜之助がそう言うと、壁の向こうでどたどたという音がした。

ほかに控えていた奉行所の小者たちが、逃げた者を追いかけていく。

「では、おめえは」

と、大島屋は純吉を見た。

「大島屋さん。その子を恨むのは筋違いでしょう」

と、竜之助が諭すように言った。

大島屋はうなずき、

「まったくです。あたしはちっと調子に乗ってました。もう少し堅実にやっていこうと思います」

と、言った。

十二

「どうしましょう、福川さま?」

と、お寅は不安そうに言った。

「どうすることもできねえさ」

竜之助はあまり気にしない。

「おいらもあんなに怒るとは思わなかったんだよ」

新太が申し訳なさそうに言った。

「新太のせいじゃねえ。そんなこと気にするなって」

と、新太の肩を叩いた。

今朝のことである——。

「純吉は来ていないのか？」

一人で路地の縁台に座り、将棋の駒を並べていた新太に、やって来た津久田亮四郎が訊いた。

「ああ。純吉はいなくなったよ」

「いなくなった……どうしたんだ？」

「大島屋をクビになり、どっかに行っちまった。どこに行ったのかは知らない」

と、できるだけ感情をこめずに言った。そうしないと、涙が出てきてしまう。

「どういうわけだ？」

と、津久田亮四郎は訊いた。

新太は直接、純吉からそこらあたりのことを聞いた。だが、純吉がすべて事情を飲み込んでいるというわけではないようだった。

「つまり、純吉はその大勝負の場で、負けるための手を教えてしまったみたいなんだ」

「なんだって？」

「純吉がそう言ったんだぜ。おいらはその勝負も盤面も見ていないからわからねえ。もっともおいらが見たってわかるような、かんたんな勝負じゃないんだろうが」

「そこには、あの同心もいたんだな？」

「そら、そうだろ。大島屋を騙した男を捕縛しちまったんだから。ほんとは純吉もあぶなかったらしいぜ。でも、この子は何も知らないんだと捕縛に猛反対したのが、福川さまだったらしいぜ」

「そんなことは嘘だ」

と、津久田亮四郎は言った。

「嘘？」

「そうだ。結局、その手は打たなかったんだろう？」

「うん」

「勝負の決着はついたのか？」

「いや、途中になったみたいだ」

「だったら、負けるための手かどうかはわからないではないか」

「そりゃそうだけど。純吉が自分でそう言ったんだぜ」

「そんなことは同心がいくらでも言いくるめられるさ」

津久田亮四郎はそれから、ちょっと信じがたいことを言った。新太もさすがにそれはまともに取ろうとは思わなかった。

ただ、ひどく胸がどきどきした。思い出してもそうなる。だから、そのことを福川に告げることはできなかった。

「あの同心はな、子どもを斬ってるんだ。しかも、三人もな……」

思い出して、頭を横に振った新太に、

「それで、津久田亮四郎はまた来るんだろう？」

と、竜之助は訊いた。

「さあ、わからない。でも、福川さまのことは許さないと言い捨てていなくなったんだ」

新太はその亮四郎が消えた方向を見やった。

「ほら、やっぱり心配でしょう、福川さま？」

と、お寅は言った。

「いいのさ。あいつはたぶんおいらなんだよ」

竜之助は少し寂しそうな顔でそう言った。

十三

ほとんど音もなく、庭に面した障子戸が開いた。

入ってきたのは三十前後の、上品な物腰の武士だった。

いつも一人でやって来るので、この屋敷でどういう立場の男なのか、まるで見当がつかなかった。

柳生清四郎は、手桶の手ぬぐいで身体を拭いていた。

「ずいぶんよくなったようですな」

と、その武士が言った。

「はい。すっかりお世話になってしまって」

「なに、気にすることはない。それにしてもたいした体力だ」

と、清四郎の腕や胸のあたりを見た。

そういう自分も余計な肉はそぎ落とされ、鍛え上げられた身体をしている。

柳生清四郎は体力こそ癒えたが、身体はあのときの衝撃をはっきりと覚えていた。ときおり、平たい道でいきなりつまずくように、あのときの衝撃がよみがえった。

雷に打たれた。

直接、落ちたのは、対峙していた中村半次郎の刀だったように見えた。丸い、痛いほどにまぶしい光だった。それがあたりを包んだ。次に匂いがした。魚くさいような鼻がつんとするような匂いだった。

そして、最後に音がきた。

どぉーん。

という音がしたときは、柳生清四郎は身体がばらばらになるような衝撃で倒れた。というより、はじき飛ばされた感じだった。

むろん、気を失った。

目が覚めたときはここにいた。意識を失っていたのは、そう長くはなく、丸二昼夜ということだった。

「中村半次郎は？」

と、目を覚ましてすぐ柳生清四郎はこの若い武士に訊いた。

「戦いの相手ですね。あのお人は、しばらくして起き上がると、のろのろと街道を江戸の方角へ立ち去ったそうです」

「なんと……」

すでに江戸に発っていた。

驚くべき体力だった。

「急がねば」

と、起きようとしたが、身体は動かなかった。それから五日、ようやく自分の力で厠(かわや)に立つことができるようになった。

「そろそろお発ちになりますか?」

「ええ。明日には駕籠を使っても、何としても江戸へ」

と、清四郎は答えた。

いまにも中村半次郎と竜之助の斬り合いが始まってしまう気がする。

ここは尾張のご城下である。

厠の窓から名古屋城のしゃちほこがすぐ近くに見えるので驚いた。これほど天守閣が近いということは、ここは城の中か、よほどの重臣の屋敷内ということになる。

尾張にも新陰流は伝わっている。それどころか、こちらこそ正統と柳生の里とも一線を画しているところがあった。

——今度の葵新陰流にまつわる騒ぎでも、尾張の新陰流はまったく関わっていない……。

柳生清四郎はふと、そのことがひどく不自然な気がした。

第四章　弥勒（みろく）の手

一

空が高く、深い。どこまでも突き抜けている。

間違えてなにか落とすと、空に向かって落ちていきそうである。

昨夜は江戸の町を暴風が吹き荒れた。その余韻が町のあちこちに残っている。

あまり知られていないが、町奉行所には風烈（ふうれつ）見回り同心という役目がある。風の強い日に江戸市中を見回って歩くのが役目である。

見習い同心である福川竜之助は、昨夜はその風烈見回りの手伝いを命じられ、夜の町を回った。

雨が混じらなかったおかげか、幸いそう大ごともなく、風で川に流されかけた猫を一匹助けたのと、昌平橋のたもとで怪しげな四人の浪人組に声をかけたのがあったくらいだった。

浪人組はとくに変なふるまいがあったわけではない。それぞれ油紙に包んだぶ厚い紙束を持っていただけだった。ただ、薩摩なまりのきつすぎるのが気になった。

丑の刻（午前一時頃）くらいには風はおさまった。

いったん奉行所内で仮寝をし、朝早くからこうして見回りに出たというわけである。

いちおう風の被害を気にしながら回っている。

神田を抜け、湯島から本郷の高台へ。加賀屋敷のわきから本郷通りに出たとき、大海寺の小坊主の狆海と出会った。

狆海も檀家のようすを見回っていたらしい。雲海和尚の留守をほとんど一手に引き受けて、けなげである。

このところ、めっきり落ち着きが出ている。後ろ手に組んで歩いているさまなどは、剣術で言えば切紙はとうに得て、目録もなかばあたりまでは来たといった感じもする。「このままあとを継いでしまってはどうか」という檀家の声も少なくないらしい。

「あたしが死んだときは狆海さんにお経を」

と、直接頼まれているところも見たことがある。

通りの反対側同士だったが、

「あ、福川さま。大変ですよ」

と、狆海はすぐに駆け寄ってきた。

「どうした？」

「昨夜、和尚さまが帰ってきました」

と、言った顔は嬉しそうである。さんざん迷惑をかけられたはずなのに、こんなに喜んでいる。雲海というのは、不思議な人徳の持ち主なのか。

「元気だったかい？」

横浜で会っているので、元気なことは知っているが、いちおう聞いてみた。幸い、口に怪我をしてしゃべれなくなっているかもしれない。

「まるで元気ですよ」

「まるでな」

相変わらずぺらっちょぺらっちょとよくしゃべるのだろう。

「それに、友だちをつれてきました」

「友だち？」

横浜で話しているのを見た金髪の美女を思い浮かべた。アメリカの弥勒とか観音とか、よくわからないことを言っていた。

「女の人かい？」

「まさか。でも、ちょっと変わった人ではあります」

それはそうだろう。変わった人でないと、とても雲海の友だちにはなれない。

「わかった。あとで顔を出すよ」

まずは町回りのほうを優先させなければならない。

二

本郷から小石川、小日向と回って、被害の少なさに安心し、もう一度、本郷にもどり、大海寺の門をくぐった。境内で行き違った人たちが、

「あんな大風の夜にもどってくるなんて、あの人らしい」

「飛ばされてきたんじゃないか」

などと言っていた。こうした会話からも、檀家から受ける信頼の薄さがひしひ

しと感じられる。

「お帰りなさい、和尚」

と、声をかける。

狆海がこのところぐんと落ち着いたのに対し、雲海はますます威厳がなくなった気がする。五ヶ月近くもこの寺を留守にした。そのくせ、まるっきり悪びれていない。大地震の被災地の慰問に回ってきたような顔をして、竜之助を見ると、いきなり、

「喝(かっ)」

と、言った。

なんでこんな坊主に喝を入れられるのだろうと、さすがに頭を抱えた。

「とりあえず無事でよかったです」

「無事なんてことはどうでもいい。わしの崇高な混迷はさらに深まった」

「崇高ねえ」

苦笑するしかない。

和尚の後ろに見知らぬ人がいた。

「鎌倉で再会したわしの友だちだ」

和尚が紹介した。

「円回(えんかい)です」

と、頭を下げた。

次に和尚は、

「この男は南町奉行所の腕利き同心で、わしの弟子だ」

と、竜之助を紹介した。

「福川竜之助と言います」

雲海の弟子になったつもりはないが、いちおう頭を下げた。

円回という名前からすると、僧侶のようだが、

「お坊さまで？」

「仏師(ぶっし)です」

それで、髪もあれば髷(まげ)も結っている。

小柄で痩(や)せている。雲海と似て、上目使いに人をうかがうような感じがある。

ただ、雲海はかなり図々しいが、円回はおどおどした目つきをする。

「手を彫らせたら日本一の仏師だ」

と、雲海が言った。

「ほう」

だからなのか、円回はさっきから竜之助の手をじっと見ていた。

「おいらの手に何か？」

「ちょっと拝見」

と、右手を取って、表と裏をつくづく眺めて、

「このお方の手は、いい手だ」

しみじみと言ったので、竜之助は苦笑してしまう。

「手というのは、顔や言葉などより、はるかにその人間を物語ります」

と、円回は竜之助に言った。

「そうなのですかい」

「顔なんてつくりによって受ける印象が違ってしまう。まずい面をした男の言うことより、きれいな顔をした男の言うことのほうが、裏がないような気がする。言葉なんかもっと頼りなくて、どこまで本当のことを言っているかわからない。その点、手は嘘をつかない。嘘のつきようがない。歩んできた人生が偽りなしに染み付いている」

「なるほど」

「お若いときにはひたすら剣術に励んだ」

と、竜之助を見て言った。

「はい」

うなずいたが、それは誰でもわかるはずである。

額に面ずれができているし、腕の筋肉は人並みはずれて発達し、身体の方々に竹刀でできた胼胝(たこ)がある。

「だが、どこか手が落ち着かない動きをするときがある」

「ほう」

これには正直、感心した。

面白い見方を持った人らしい。

「恵まれているようで、大きなものに飢えて育った」

「そこまでわかりますか」

「わかりますとも。そこらにいる人が、変な手や変な動きをしているときがある。わたしはそれで悪事を発見したことが数え切れないくらいあります」

「悪事まで？」

「どうです。そのあたりをぶらぶらしてみませんか。町方の同心のために、悪事を未然に防いであげてもいいですぞ」

「それは面白い」

喜んでつきあうことにした。

雲海は旧友や竜之助のことなどそっちのけで、檀家の人たちに向かって早くも調子のいい説法を始めている。

三

本郷の通りを竜之助は仏師の円回と並んで歩いた。

だが、通りを歩く人の多くは急いでいて、なかなか手をじっくり眺めるのは難しい。

自然に神田明神の境内に足が向いた。

ここではさすがに、人の歩みもゆるやかになる。

境内の入り口近くに手相見が座っていた。

「手相も見ますか?」

「わたしは占いをするのではありません」

怒ったように答えた。

　中ほどに進み、樹木が影を落とすあたりに水茶屋ができていた。高台からの景色は見えないが、神社全体が見渡せる。縁台が六つほど並んでいて、すでにいくつもの縁台はふさがっている。一つだけ誰も座っていない縁台があり、そこに腰を下ろした。

「同心さま。ほら、隣の縁台に座った四十くらいの男……」

と、円回がささやくように言った。

「ああ。手もよく見えるな」

左の人差し指、中指、薬指の三本の指の腹がかちかちになっていた。

「何か感じますか？」

「円回さん。あれくらいはおいらにも見当がつきますぜ」

と、竜之助が言った。じっさい、あの男が死体で横たわっていたら、それくらいの推理は働かす。

「ほう。たいしたもんだ。では、何をしている人でしょう？」

「あの男は見かけこそ土臭いが、じつは三味線(しゃみせん)を弾いているのだ。音階を変えるとき、指で弦を強く、めまぐるしく速く押さえる。胼胝ができて当然です。おそらく清元(きよもと)の師匠をしているに違いない」

竜之助がそう言うと、円回は愉快そうに笑った。

「あっはっは。惜しいなあ。せっかく土臭いというところまでは行ったのだがなあ」

「え？」

「三味線だったら、右手にもバチ胼胝ができているはずです。だが、あの人はないでしょう？」

「ほんとですね」

「それにあの男の着物のすそは、泥がなじんだような色をしている。そういうところも合わせて考えると、おそらくあの人は焼き物をつくっている。つまり、三本の指の胼胝は、ろくろを回しつづけているためにできたものなんです」

「焼き物というと、陶器とか磁器ですね」

「はい」

それは思ってもみなかった。

「今戸焼き？」

と、訊いた。

「今戸というと、浅草のすぐ近くでしたね。それなら、あんな手荷物を持ってわざわざ神田明神にはきませんよ。おそらく江戸からはそう遠くない田舎の人ではないですかね」

「へえ。それがほんとだったら凄いな」

「たしかめてきたらどうですか？」

円回は自信たっぷりに言った。

竜之助は近づいて行って、煎餅を食べながら茶をすすっていた男に訊いた。

「ちと、お訊ねしたいのだがな」

「はあ」

「向こうにいる男が、あんたの手を見て、焼き物をする人と推測した。当たっているかどうか、たしかめたくてな」

「あたしの手で？」

「ろくろ胼胝ではないかというのさ」

「その方も焼き物を？」

「いや、焼き物はしていないはずだな」

「よくわかりましたな」

「当たってた？」

「ええ。あたしは常州（じょうしゅう）の片田舎で焼き物をつくってます。今度、品物を卸している店が江戸見物をさせてくれるというので、出てきたのですが、江戸にはもののわかる人がいるものですなあ」

感心ひとしきりである。

「どうでした？」

と、もどった竜之助に円回が自慢げに訊いた。

「まいった。完璧」

と、竜之助は言った。

四

こういう変わった能力を持つ男を、岡っ引きの文治に会わせてやりたくなった。知り合いになっておけば、事件の調べに役立つこともあるだろう。

神田明神の前の坂を下ると、文治が住む神田旅籠町（はたごちょう）がある。そこの番屋に顔を出すと、ちょうど文治も来ていたところだった。

「……というわけでさ。凄い人だろ」

竜之助が紹介すると、円回はこともなげに軽く頭を下げた。

「へえ、ほんとですか？　じつは、その焼き物の男は以前からの知り合いだったなんてことはないでしょうね？」

と、文治は小声で訊いた。

悪事ではおなじみの手口である。サクラを使うと、いろんなことを信じ込ませることができる。

「うむ。それはなさそうだった」

竜之助も小声で答えた。

「よう、円回さんよ。たとえば、あっしがある人のことを、手を見ていろいろ当ててくれと頼んでも大丈夫だね」

と、文治が円回に訊いた。

「もちろんですよ」

「うん。では、向こうに行きましょう」

今日は天気がいいので、人出も多い。

文治は、ちょっと先にある広小路（ひろこうじ）の手前に立ち、ぐるっとあたりを見回した。

「円回さん、そこの縁台に座っている五十がらみの女だがね」

すぐ近くの呉服屋の前に縁台があり、そこで五十ほどの女がほっと一息ついているように茶を飲んでいた。

女は店の小僧に何か言った。

店の小僧は面白そうに笑い、空いた茶碗を片づけて行った。

「ああ、はい」

「もうちょっと近くで女の手を見てきてもらえませんか？」

「いいですとも」

円回は近くに行き、店の中をうかがうふりをしながら、女の手を観察した。

途中で一度、わざと煙草入れを落とし、女に拾ってもらった。

しばらくしてもどってくると、

「あの歳の女にしては手が凄くきれいじゃねえかい？」

と、文治が訊いた。

「はい。あたしもそう思いました。まったく肌荒れをしていない手です。おそらく水仕事をしないのでしょうね」

女の仕事はほとんどが水を使う。米を研げば茶碗も洗う。洗濯は水がないとできないし、雑巾がけにも水が要る。水仕事をしないのは、女の仕事をしていないと言ってもいい。

「そこらの長屋の女房といってもいい外見だろ。水仕事をしないですむって、どういう境遇なんだろうな」

「ええ、はい、なるほど……」

適当に返事をしながら、じっと見ていたが、

「わかりましたよ」

と、笑顔を見せた。

「最初、そこの呉服屋さんに出入りしてるお針子さんかと思ったけど、お針子さんに店がお茶を出してやったりはしない」

「ほう」

「それで、足首をよく見てください。あんなに締まった足首もそうありませんよ。あの人は機織(はたおり)をするんです。おそらく凄く腕がよくて、注文はひっきりなしにくる。水仕事なんかやってる暇があったら、機を織ったほうが実入りも効率もいい。だから、一見、長屋のおかみさんふうだけど、いい着物を着てるでしょ。実入りはけっこういいんですよ」

「すごいね、あんた」

文治は唖然(あぜん)とした。

「どうぞ、たしかめてきてください」

「いや、いい。あれはおいらの叔母なんだ」

「そうなのか」

　これには竜之助も驚いた。

「明神下に一軒家を借りて、機織をしています。若いときから腕を上げ、仕事に夢中になって嫁にもいかずじまいでさあ」

「水仕事をしないってのも本当なんだ？」

　と、竜之助は訊いた。

「ええ。飯は三食とも店屋もので、子どものころにあの叔母のところに行くと、いつも天ぷらそばを取ってくれたものです」

「洗濯や掃除も？」

「近所の長屋のおかみさんに金を払ってやってもらってます。まったく、いいご身分ですよ」

　そんな話をしていると、

「あら、そこにいるのは文治じゃないか」

　当の機織の叔母さんが声をかけてきた。

「あ、いけねえ。見つかった」

「そんなところをふらふらしてるんだったら、おとっつぁんの手伝いでもしなさいよ」

叔母さんは、子どもを諭すような口調で言った。

五

叔母さんがまだ何か言っているのを背中で聞き流し、急いで遠ざかった。

「ちょっと苦手なもんで」

子どものときにずいぶんからかわれたらしい。

「若い弟子が来るたびにあっしに会わせて、叔母ちゃんのところに養子に来たら、この子といっしょにさせてやるとかしつこく誘われたんでさあ」

「いい話じゃねえか」

「あの叔母んとこに入った日には、いまごろ叔母と女房の飯をつくらされていますよ」

と、文治はいまもさせられているように怒って言った。

和泉橋（いずみばし）のところまで来ると、水茶屋があった。だいたい水茶屋というのは夏場が混むが、ここは冬もよく客が入っていた。

対岸が柳原土手になっていて、景色のいいところである。

土手は河岸として整備されておらず一面の草むらで、田舎の川景色のようになっている。風が吹くと、葦の葉がいっせいになびき、青空に葉裏を光らせた。その手前を、小さな帆を立てた舟や、荷船がゆっくり上下している。

――ん？

水茶屋の隣の席に六十くらいの爺さんが座っている。のんびり煙草を吹かしながら、川を眺めている。いかにも景色を楽しんでいる風情である。

「よう」

と、竜之助が目配せをした。

「はい、気がつきました」

円回がうなずき、

「変わった傷だな」

文治が感心した。

左の小指だけに小さな傷がいっぱいあるのだ。ほかの指にはまったくない。ただ、右手のほうには、これは手全体だがところどころに傷があった。

「これは難しい」

と、円回はうめいた。

「いやあ、そう思うぜ」

竜之助も見当がつかない。

傷といっても刃物でつけたようなひどい傷ではない。ちょっと引っ掻いた程度、ちょっと突っついた程度、そんな傷である。それは痛みはあっただろうが、我慢できないほどではない。ただ、何度も繰り返されてきたようで、痛々しい感じにはなっている。

「ううむ」

「まいったかい？」

「あ、わかった」

円回はぽんと膝を叩いた。

「わかるわけがねえ」

と、文治は言った。

「いま、そこに鳥が来てますでしょ」

「ああ」

と、竜之助はうなずいた。手前の河岸のところで、白と黒の小柄で細身の鳥が、ちょんちょんと餌をついばんでいる。

「あの鳥を見るまなざしが、なんともやさしげですよね」

「そうだな」

「それから、あの着物の袖のところを見てください。小さな鳥の羽がついているのが見えませんか？」

「見えるよ」

黄色の小さな羽。インコのものではないか。

「あの人はこの近所のご隠居で、鳥が好きで鳥をいっぱい飼ってるんです。売り物にしてるわけじゃない。売り物にすると、好きだとむしろ可哀相でやってられなくなりますから」

「それと小指の傷はどういう関係があるんだい？」

竜之助が訊くと、円回は笑って、

「おそらくカゴの中に餌や水をやるときに、小鳥たちに突っつかれるんですよ。それで、隙間からこう左の小指を入れ、くいっくいっと動かしたりする。カゴの小鳥たちがそっちに気が行っている隙に、右の手をカゴの中に入れ、餌や水を換えたりするんじゃないですかね。それでも気がついた小鳥に、右手を引っかかれたり突っつかれたりしてしまう」

と、言った。

「ほう」

「へえ」

竜之助と文治は同時に声をあげた。

違っていたとしても、推測として見事ではないか。この爺さんの手の周りに、小鳥たちが群れるさままで想像できる気がする。

「じゃ、訊いてみるぜ」

「ええ」

竜之助は立たずにそのまま身体の向きを変え、

「つかぬことを伺うが、その手の傷というのは小鳥たちがつけたものですかね?」

「はい、そうなんですよ。まったくうちのチビ助どもときたら……」

爺さんは嬉しそうに言った。

六

爺さんが小鳥たちに餌をやるというので帰ってしまうと、竜之助たちは自然と手の話になった。

「なぜ、そのように手に特別な興味を持ったんだい?」

「じつはわたしは上方の生まれでして、京都の広隆寺という寺で、お店の小僧をしていたときにたまたま弥勒菩薩を見たんです。わたしなんぞ拝めるものではないのですが、あのときは旦那のお供をしていて見ることができたんです。それで、一目で菩薩さまの手に魅せられてしまったのです」

「弥勒菩薩ね」

竜之助は、どんな仏さまなのかはくわしくは知らない。だが、弥勒菩薩という存在はなぜかずっと気になっていた。

たしか、お釈迦さまの次に仏になると約束された存在ではなかったか。いまは別世界で修行を積んでいるが、遠い未来にふたたび現れて、お釈迦さまが間に合わなかった衆生を救ってくれる仏——。

もちろん竜之助は京に行ったことはないので、広隆寺の弥勒菩薩も見たことがない。

だが、広隆寺の弥勒菩薩は有名で、椅子に座って片足を組み、手を頬に当てて考えごとをしている。その手が、指で輪をつくるような不思議なかたちをしているのではなかったか。

「それがきっかけで仏師の道を歩むようになりました」

「なるほど。それはわかる気がするな」

「修行は順調でした。師匠からもいい仏師になると言われました。ところが、壁にぶち当たりました。壁は手でした」

「皮肉だね」

と、竜之助は言った。

「皆がそういうわけではないそうです。自分にとっては、手がいちばん難しく、その手が彫れなくなってきました」

「へえ」

「じつは、手から力が出ているのです。光のような力です。ただ、それが出る人、出ない人がいます」

「悪いヤツは出ないんだろ？」

と、文治が言った。

「いえ、出ないからといって、悪人とは限りません。ただ、お釈迦さまはおそらく出ていたはずです。ものすごい力が。広隆寺の弥勒菩薩の手もそうです。あの柔らかいしぐさの手から強い力が出ている。そうした力を感じさせる手がなかなか彫れないのです」

「たしかに聞くだけで難しそうだよ」

と、竜之助は言った。

「じつは、福川さまの手からも出ています」

「おいらの？」

と、両手を青い空にかざして見た。

たしかに光っている。指先などは細かい綿毛をまき散らしているようにも思える。だが、それは陽の光と青い空のせいで、竜之助だけでなく誰でもこんなふうに見えるはずである。

「自分ではさっぱりわからねえぜ」

「そういうものかもしれません」

「ふうん」

あまり鵜呑みにはしない。

たしか孔子の言葉に、こんなのがあった。

「怪力乱神を語らず」

人知を超えた不思議な力については語らないと。

儒学を信奉する徳川家の一員という竜之助の立場では、おおっぴらに言えることではないが、孔子は好きではない。むしろ、自分では老荘の徒に近いと思っている。

だが、むやみに怪力乱神について語りたくない気持ちはある。どこかで信じているからこそ、安っぽい怪力乱神は信じたくない。

「その光は見えるのかい？」

と、文治が訊いた。

「見えます」

「いつも？」

「見えるときもあれば、見えないときも」

「どんなときに見えるんだい？」

文治はさらに訊いた。

「わからないんです」

「夕方、よく見えるとか、腹いっぱいのときしか見えないとか」

「そういう決まりもありません」

「それじゃあ、あてにならねえな」

と、文治が遠慮なく言った。

竜之助も口には出さなかったがそう思う。それではあてにならない。だが、あてにならないから信じられないとも言い切れないかもしれない。

「前にもそんな話をしてたんですが、雲海に、足にはそういう力はないのか、と訊かれました」

と、円回が笑いながら言った。

「足に？」

竜之助はふいを突かれたような気がした。雲海という人はとんでもない俗物かと思えば、意外に突き抜けたような視点からものを見ていたりする。その乱雑さがあの人の魅力と言えなくもない。

「足にはないと思う、少なくともわたしは見たことがないと言いました。すると雲海は、生きものを見てると、手も足もたいした違いはない、しかも事故や斬り合いで手を無くした人を知っているが、その人は足で手のかわりをしていた、だから手にそういう力があるなら足にもあるはずだと」

「雲海さんらしいや」

「ま、考えとしては面白いので、それから足も気にするようにはしていますが」

「気にしなくていいんじゃねえのかい」

と、文治が言った。

「でも、ごくたまにですが、あの人は名僧になりかけているという評判もありますよ」

円回がそう言うと、

「少なくとも本郷界隈(かいわい)ではそういう評判はまったくないぜ」

文治はそう言って、笑った。

七

水茶屋を出て、広小路のところでそれぞれ別れようとしたとき、

「円回さん。最後にもう一人だけ」

と、文治が目の前のそば屋から出てきた男をそっと指差した。総髪がそそけ立

ち、もみあげが渦を巻いている。爪楊枝をくわえ、つまらなそうな顔で通りを見た。

「ほら、あの浪人者らしい男の手……」

「ああ、はい」

右手の先だけが藍色に染まっている。もっとも、文治が目をつけたのは、この男がいかにも凶暴な顔つきをしていたからだろう。

「紺屋にしちゃ変でしょ？」

「紺屋なら両手が二の腕まで染まるしなあ」

と、竜之助も言った。

「何だろう？」

と、円回はさりげなく近づいた。

そのとき、竜之助とこの男の目が合った。

男はあわててそっぽを向いた。

──あいつ……。

昨夜は風が強すぎて、提灯さえ持つことができなかった。雲の隙間から洩れる月明かりと、遠くの番屋の明かりしかなく、顔をはっきりとは見ていないのだが、大風の中で見かけた四人組の一人ではないか。

向こうもあわてはしたが、それはこっちが同心だからで、昨夜の同心とわかったのではないかもしれない。

円回がもどってきた。

しきりに首をかしげる。さすがの円回も見当がつかないのか。

「あの男は難しい……」

「円回さんでも難しい男はいるのかい？」

「そりゃあ、います。今日は運もあって全部当たりましたが、ときどきはずれることだってあります」

「やっぱりそうかい」

「でも、あの男の手は、人間の当たり前の暮らしには出てこない手だと思います」

「ということは、ろくでもないことをしてるってことだね」

「あるいは、これからしようとしているかでしょう」

と、円回は怖そうに言った。

男は日本橋のほうへ歩き出している。

「わかった。ここから先はおいらたちの仕事だ」

と、竜之助は円回を先に帰して、

「あいつのあとをつけてもらいてえんだ」

と、文治に言った。

早いこと謎を解かなければならない。捕物のことである。円回に頼っているわけにはいかない。

「わかりました」

「頼んだぜ。だが、あいつ、かなり腕が立ちそうだ。くれぐれも無理はせずにな」

文治とは奉行所で待ち合わせることにした。

八

文治は男を追って、足早に人ごみの中へ去って行った。

竜之助はしばらく遅れて歩いたが、途中、大きな藍染屋の前で足を止めた。

藍染の袴や着物が並んでいる。

藍色。明滅するように男の指先の色が浮かんだ。

店先をじっと見ていたが、さっきの男の指についていた色とは、微妙に違う気がした。

何と言えばいいのか、この藍染の藍は、剣術で言うと受けの藍、あの男の指の藍は、攻めの藍。強く見る者に迫ってくる。

「何か？」

と、五十がらみの店主らしき男が声をかけてきた。この男もいくらか手は藍に染まっている。ただ、客の前に出るので気をつけているのか、だいぶ薄くなっている。

「うん。ちょっと訊きてえことがあってな」

「……………」

同心が訊きたいことがあると言えば、市井（しせい）の人たちは必ず緊張する。だからといって、何か後ろめたいものがあるとは限らない。

「指が藍色に？　藍染とは微妙に色が違う？」

竜之助の説明を訊き返し、

「そりゃあ浮世絵に使う藍色じゃねえですか」

と、言った。

「あれは着物や布を染める染料とは違うのか？」

「違います。とくに、いま、浮世絵に使っている藍色は、まったく違います」

「ふうん」

では、あいつは浮世絵師だったというのか。

そんな感じはまったくしない。やはり、あれは凶暴な浪人者にしか見えなかった。

だが、あの男が昨夜の男の一人だとすると――おそらくそうだろうが、あの紙の束を持っていたこととつながってくる。

あの紙に浮世絵を刷る。

過激なあぶな絵でもつくっているやつらか。異人たちがそうしたものをやたらと好むという話も聞いたことがある。

ふと、足を止めた。十軒店と呼ばれる通りで、もう少し先に行けば、越後屋がある。

――そういえば、ここらに版元があった……。

浮世絵の制作や販売もしていたはずである。

探しながら歩くと、すぐにわかった。〈散歩堂〉と看板が出て、店頭に人気の浮世絵が並んでいる。よく見かける葛飾北斎の富士山と波を描いたやつもある。

帳場に座っていた見覚えのある若旦那に、

「この藍色なんだがね。いい色だ」

と、声をかけた。

若旦那は、黄色に橙という派手な着物と羽織の組み合わせを着ている。それが気味が悪いかというと、じつに似合っている。いかにも版元の若旦那という感じがする。いつも色刷りの絵を眺めていると、そういう感覚は磨かれるのかもしれない。

「ええ、ベロ藍ですね」

「ベロ藍？」

「ベロリンとかいう南蛮の町でつくられた藍色なんです。略してベロ藍」

不思議な語感の町の名前が出た。ベロリン（ベルリン）。そこらじゅうに幽霊が出たり、風で地面がめくれたりする町が思い浮かんだ。

「浮世絵でしか使わねえのかい？」

と、竜之助は訊いた。

「さあ」

どうも頼りない。若旦那は見かけだけで、浮世絵の制作の細かいところはよくわからないのか。

「着物を染めたりもするかい？」

話がもどってしまった。やっているという話が出たら、また藍染屋のほうに訊きに行かなければならない。

「あたしはやってないと思います。紙に載せるときれいになるとは聞いたことがありますが……」

「指をこの色で染めたヤツがいたんだが、じゃあ、やっぱり浮世絵関係の男ってことになっちまうか」

「どうでしょう……あとは瓦版あたりも」

「瓦版！」

角を曲がったら、探していた大通りに出た気がした。

九

本郷の大海寺に急いで引き返した。

「円回さんは？」

庭で植木屋と話していた狆海に訊いた。

「本堂です」

本堂に行くと、円回は絵を描いていた。

後ろからのぞきこんだ。

足を組み、頬杖をついて、なにやら考えごとにふける菩薩さま。じつにやさしい顔をしている。

「弥勒菩薩かい？」

と、竜之助は訊いた。

「そうです」

「本堂にはないね」

「和尚からつくってくれるよう頼まれましてね」

嬉しそうに言った。

「ほう」

いいものができそうな気がする。

お釈迦さまの救いに間に合わなかった衆生を救ってくれる弥勒菩薩。自分のような者でも救ってくれるのだろうか？

「さっきの藍色の手をした浪人者について、調べを進めてきたよ」

「早いですね」

「ベロ藍という顔料があってさ……」

と、かんたんに説明し、

「あいつは瓦版をつくるそばで、できたものをさっと隣に除ける。そういう手伝いをしていたんじゃないかと」

「瓦版？」

「と言ったって、ろくでもないものもいっぱいあるんだよ。人を陥れたくてつくっているようなものも」

「なるほど。よく気がつきましたね。たぶん、そうですよ」

と、円回は手を叩いた。調子のいい返事ではない。考えた気配がある。

「円回さんにそう言ってもらえたら大丈夫だな」

竜之助はうなずき、

「では、また」

と、踵を返そうとした。

「あ」

と、円回は驚いた。驚く理由がわからない。

「どうなさった？」

「いや、気のせいです。おそらく」

「ふむ」

「だが、忠告しておいたほうがいいのか」

やけに不安げになって迷い出した。

「やっぱり、ベロ藍ではないと？」

「いや、そっちは間違いないです。わたしに見えたのはそういうことではなくて……」

「はあ」

「変に気にして、わたしの勘がはずれたら……」

どうやら、竜之助の運命とか行く末とか、そういったものに関わる話なのではないか。

「どうぞ、円回さん。わたしは、この世というのは何が起きるか本当にわからないところだと思っています。だから、何を言われてもそうかもしれないと。明日、死ぬだろうと言われても、そうかもしれない。別に喜んで死ぬわけではないが、この世というのはそういうところなのだと……」

竜之助がそう言うと、円回はうなずき、

「福川さまの左手から光が消えています。あれほど強い光が。不思議です」

「そうかい？」

竜之助は左の手で、赤ん坊がするようににぎにぎをした。力が入らないということもないし、色つやも悪くない。

「その分、右手から凄い力が」

「ふうむ」

どういうことかわからない。だが、片方が失われたら、もう片方がそれを補足する。二つあるということはそういう意味なのかもしれない。

「わかった。いちおう気をつけるようにするよ」

「ぜひ」

「でも、それがおいらの運命なら……」

と、竜之助は笑った。

十

文治とはちょうど南町奉行所の前で行き会った。

「疲れただろ？」

「どうってこたあ」

「どこまで行った？」

「芝の金杉あたりまで」

神田の広小路から芝の金杉。いくら歩きなれている岡っ引きだってけっして近くはない。

腹も減っただろうと、奉行所近くのそば屋に連れて行った。ほんとはもうちょっと精のつくものを食わせてやりたいが、なにせ見習い同心である。給金などは雀の涙ほどしか出ない。

うまそうにざるそばをたぐる文治に、

「どうだった？」

と、訊いた。

そういう竜之助も、揉み海苔を散らした花巻そばをふうふう言いながら頬張っている。ここのそばは黒くて太くて田舎ふうなのだが、噛みしめるほどにそばの旨味(うまみ)が口に広がる。

「やっぱりろくでもなさそうな浪人者が集まってました」

「どこだい？」

「それが増上寺(ぞうじょうじ)のちっと先に西応寺(さいおうじ)っていう寺があるのはご存じないですか？」

江戸は西のほうより東のほうがくわしいが、あのあたりはだいたい頭に入っている。

「ああ、けっこう大きな寺じゃないか」

「そこの門前町の長屋に住んでました。三つほどつづきで部屋を借りていて、そこに十数人ほど」

「十数人……」

あのときの四人で全部かと期待したが甘かったらしい。

「しかも、凶暴そうなやつばかり」

「待てよ、おい。西応寺といったら……」

箸が止まった。

「まずいとお思いでしょ？」

「そうだな」

すぐ隣が薩摩藩の中屋敷である。

このところ、浪人と言いつつ、じつは藩士で、自由な身分を装いながら、諜報や工作活動をしている例もあるという。

薩摩藩のすぐ近くに浪人者が集まっているなどというのは、まさにそれなのかもしれない。

だから、うかつには手を出せない。

「かまわねえからやっちまうか」

と、竜之助は言った。ふん縛らないまでも、乗り込んでいって脅しをかける。それがろくでもないことを未然に防ぐかもしれない。

ああした連中が相手のときは、そういう荒わざもときには必要なのだろう。

十数人とは言っても、腕の立つヤツばかりではない。それにいきなり斬り合いになるなんてことは、よほど挑発しないかぎりありえない。

「いちおう、矢崎さまにはひとこと」

うるさい先輩に相談することにした。

「そんなもの、本当は何だろうが、浪人者みたいな面して悪さをしていたら、浪人者として扱うのがおれたちの仕事に決まってるだろうが」

と、矢崎は言った。

十一

めずらしく、竜之助と見解の一致を見た。

「奉行所の上層部は困惑するでしょうね」

「上なんざ知ったことではねえ。あいつらだってたいしてやることはねえんだから、おれたちの尻ぬぐいくらいはしてもらわねえと」

大胆な言いようだが、これも竜之助といっしょである。

「矢崎さんもたまにはいいことを言う」

「なんだと」

「いえ、別に」

「ここんとこ、日本橋筋の大店におかしな動きがある」

矢崎が思い出したように言った。

「やはり」

「まだ、表面には出てきていねえが、どこどこの大店に浪人者が数人押しかけたとか、そういう話は多くなっている」

「そうですか」

まさにそいつらとしても不思議ではない。

「あの連中も、あまり大きな金はふっかけねえ。大店も懐は痛むが、商売が傾くほどではねえ。そこらの微妙なあたりを巻き上げるんだ」

「へえ」

「このあいだまで、おいらがいろいろ相談に乗ってやっていた店がぴたりと何も言ってこなくなった。そういうときってのは、後ろめたいことがあるんだ」

「なるほど」

「あれほどつねづね脅しがきたらおいらに言えって言ってるのに、おそらく要求に応じたんだ。まあ、痛いところを突かれたんだろうな」

「確かめられますか？」

「おう、行こうぜ」

と、矢崎、竜之助、文治の三人で、大通りを北に向かった。

鍛冶町（かじちょう）の大きな金物問屋の前で立ち止まった。

「ここだ」

「なるほど。屋号もよくないですね」

と、竜之助が言った。〈薩摩屋〉という看板が下がっていた。

その屋号の看板とは別に、木枠の真ん中に釜をぶら下げた看板があり、子どもがこの下を通るたびに指ではじく。

コーン。

というきれいな音が響く。音色のよさはよく知られているらしい。

店の前を掃いていた小僧に、

「紀右衛門を呼んでくれ」

と、言った。あいかわらず態度が大きすぎるのではないか。

「これは矢崎さま」

と、あるじらしき男が、腰をかがめ、肩をすぼめながら現れた。

「ちっと、いろいろ奉行所で取りざたされていることがあってな」

と、矢崎は通りを行く人にも聞こえるような大きな声で言った。

「……」

「大店に脅しをかける連中がいてな。それに屈して不穏な連中に資金を出しているところがあるんだってよ」

「……」

うなだれて声もない。

その打ちひしがれように、なにごとかと足を止める通行人もいる。

「ただ、同情する声もある。あんなやつらに商人が脅されたら、出したくねえ金も出してしまう。悪いのはそいつらで、捕縛に協力する店なら、たとえ一時は脅しに屈していても、そのことは不問にしようと」

このあたりの話の運びは、竜之助も真似ができない。

脅して、引く。脅して、引く。相手の気持ちも揺れに揺れる。

「そうですか」

やっと息がつけたような顔をした。

「あんたんとこは大丈夫とは思ってたんだがよ」

「申し訳ありません」

深々と頭を下げた。

「脅されたんだな」

「はい。瓦版を持ってきました。当店と、薩摩藩とのあいだで、闇取り引きが行なわれている。絵入りのそれを二千枚刷ったやつを持ってきました」

「すでに刷ってあったか？」

「はい。あんなものをばらまかれた日には、たまりません。どんな嘘でも、ああして文字になると信じるヤツがいます」

「だが、近い話はあったんだろ？」

と、矢崎が言った。たしかに、まったく根拠のない話でゆするのは難しい。

「薩摩屋という屋号の縁で、洋風の鉄かぶとを安くつくってくれぬかという話はありました」

「受けたのか？」

「いいえ。とても話にならない。きっぱりお断わりしていました。闇取り引きなどとんでもないことです。それに、薩摩屋の屋号と、薩摩藩とは何の関係もありません。何代か前が薩摩芋を焼いて売ってまして、その芋を焼く釜をつくって売るようになったのがこの商売の始まりで」

「そうだったのか」

と、矢崎は笑った。

「でも、それを申し上げると、こいつ、薩摩藩を愚弄する気かと怒り出しまして、あまりの怖さについ瓦版の引き取りに応じてしまいました」

「いくら出したんだ？」

「三百両……」

瓦版など二千枚刷って売ってもそんな額にはならない。

「いつのことだ？」

「十日ほど前です」

では、昨夜、浪人組が持っていた紙は違う。

また同じことをどこかの大店でやるつもりなのだ。脅しのタネにする瓦版を刷らせて……。

——ちょっと待てよ……。

ふいに嫌な予感が襲った。

四人組と出会ったのは、昌平橋の近くだった。橋を渡って北にすこし行けば旅籠町である。指の先を青くした男が一人でいたのは、旅籠町の前の広小路だった。

「文治、旅籠町のあたりに瓦版屋はあるか？」

「いえ。お佐紀(さき)んとこだけ。まさか……」

文治も青くなった。

「福川、どうした？」

と、矢崎が訊いた。

「ええ、じつは……」

かいつまんで話すと、

「そこだ。行くぞ」

矢崎が先に飛び出した。

須田町を抜け、八辻ヶ原を横切って、神田川を渡る。鍛冶町から旅籠町へは飯とみそ汁を一杯ずつ食い終わるくらいの時間で着いてしまう。

お佐紀の瓦版屋は、屋号を〈天網堂〉という。

老子の「天網恢恢疎にして漏らさず」からきている。天の網というのは、目は粗いが悪人は漏らさずこれを捕まえるという意味である。

いまごろの時刻だと、ふだんは大勢、人が出入りしている。瓦版を人の多いところで売る読売の人や、記事の真偽を問い合わせてくる人、文句を言いにくる人などでうるさいくらいである。

だが、今日は戸を閉じたままひっそりしている。

腰高障子を開けて、中に入った。

人の気配もない。

「お佐紀坊」

竜之助が呼んだが、返事もない。

ずっと奥の間に入った。

「あ」

爺さんが縛られて横になっていた。

竜之助がすぐに紐を切ってやる。

「大丈夫か」

「ええ」

息はあるし、怪我もしていない。

「どうしたんだ？」

「じつは数日前に浪人者が乗り込んできて……」

やはり、ここで嘘の瓦版を無理に刷らされそうになった。

だが、ここでがたがたやっていると、町方に目をつけられるというので、連れて行かれたらしい。

「先にせがれが連れていかれ、お佐紀は今日になってから……」

爺さんはそう言って泣いた。気の強いお佐紀も、爺さんや父親を人質に取られて、従わざるを得なかったのだろう。

「どこかわからねえかい？」

「くわしくは……。ただ、芝とは何度も話に」

「やっぱりな」

矢崎と竜之助は、芝の西応寺裏の長屋に走った。

鍛冶町の薩摩屋から旅籠町までの距離はさほどでもなかったが、旅籠町から芝の西応寺まではかなりある。

文治は早々に二人から置いてきぼりにされた。

十二

芝の薩摩藩中屋敷――。

およそ二万二千坪ほどある。

広大だが、七十七万石の大藩の中屋敷にしてはさほどでもない。その分というわけでもないだろうが、芝から田町(たまち)、大井(おおい)あたりにかけて、いくつもの下屋敷や抱え屋敷が点在していた。

中村半次郎が芝の中屋敷の門を叩くと、邸内に緊張が走った。

「同じ藩士なのになぜ、そのように騒ぐか」

用人は藩士たちを叱りつけて回った。

騒ぐわけは、高名な人斬り半次郎を目の当たりにした興奮と、何かよからぬことが起きるのではないかという不安がないまぜになったものだった。

「西郷（さいごう）どんからの伝言は聞いておるだろう？」

と、半次郎は玄関わきの小さな客間まで来た昔からの知り合いに訊いた。

「聞いた。葵新陰流のことだな」

「そうよ。ちっと打ちのめしてすぐもどりたい」

魚を一匹、買って帰るような調子で言った。

「ううむ」

それほどかんたんなものかと疑ったらしく、首をかしげた。

「途中、尾張の城下で風鳴の剣を伝える者と出会って立ち合うことになったが、雷が落ちてな」

「雷が……」

「おいの刀か、相手の刀か、どっちかに落ちた」

「それでどうもなかったのか？」

「まだ、ちっとしびれてるかな」

中村半次郎は両手を揉むようにしながら言った。笑いながらの言葉で、本当はすっかり回復しているらしい。

「なんと」

「それより、どこの誰か、早く教えてくれ」

「うむ。徳川竜之助という男で、田安家の十一男坊だ」

「いまも、田安家の屋敷に？」

いまにも押しかけそうな調子である。

「それがなんとも不思議な話なのだが、町方の同心をしているらしい」

「ほう。世を知ろうというのか。健気な若さまではないか」

「見習い同心として、いろいろ手柄も立てているらしい」

薩摩の情報力は他藩を圧倒している。大勢の密偵が江戸中にばらまかれていて、こまかなことまで把握している。

「ん。気に入った。早いとこ、打ちのめしてやろう」

と、来たばかりで茶も飲まずに立ち上がった。

「本気か」

「ついては青竹を一本貸してくれ」

「青竹？」

「それで若さまを一叩きするのさ」

本当に木刀の長さに切った青竹を持って、中村半次郎は薩摩藩邸を出た。

町方というから、奉行所を訪ねるつもりである。江戸に南北両奉行所があることも知らない。そんなことは、行けば自然にわかることである。この男には、まずその場に足を向けることが大事なのだ。

ところが、出てすぐのことである。

前を歩いていた娘が、

「痛いでしょ」

と、怒ったような声を上げた。両脇を強く摑まえられているらしい。

「騒ぐな。文句があるなら、あとで薩摩藩邸に来い」

右脇にいた男が言った。

「ちょっと待て」

と、後ろから中村半次郎が声をかけた。

「ん?」

二人が振り向いた。

「おぬし、いま、薩摩藩邸に来いと言ったな?」

「ちっ」

と、右脇の男が顔をしかめた。さっきの言葉を後悔したらしい。

「藩士か?」

「いや」

男が首を横に振ると、

「違うの? 薩摩の藩士だと名乗ったじゃないの」

と、女がなじった。気は強そうだが、澄んだ目がきらきらと輝く賢そうな娘である。

「そりゃあ、ますます聞き捨てにはできんな」

と、中村半次郎は言った。

「なんだと」

「おいは、れっきとした薩摩藩士だからだ」

藩邸のわきに長屋などが並ぶ貧しげな一画があり、その路地の前に来ていた。

「どうした？」

路地の前にいた男が訊いた。

「ちっとな……」

目配せをかわした。ぞろぞろと浪人者が集まり、中村半次郎と娘たちを取り囲み出した。

「奥に来い。話をしよう」

明らかに誘いこまれてしまった。

その数、十五人。一人で戦える数ではない。

「別にかまわぬが」

だが、中村半次郎の表情に変化はない。

そのとき、後ろから声がした。

「お佐紀坊」

竜之助の声だった。

一足先に駆け込んできたのは矢崎三五郎だったが、矢崎はすっかり息が上がって声を出すこともできない。

「おめえら、瓦版屋を脅して何をしようってんだ?」

と、竜之助は浪人たちを眺め渡した。

「こいつ、昨夜からわしらを追っているような気がする」

手を藍色に染めた男が言った。

「昨夜からというのは誤解だが、いまはおめえたちを追って来た」

と、竜之助が言った。

一味の中でどことなくいちばん風格がありそうな男が、

「誰か、路地の入り口を見張っておれ。こいつら、まとめて始末してしまおう」

と、刀を抜いた。

矢崎があわてて刀を抜いたが、まだ息が上がって切り込んでいくどころではない。構えるのが精一杯である。

だが、青竹と十手が、男たちのあいだを踊るように動き始めていた。

周囲をかこまれ、四方から攻められたなら、いかに竜之助といえ苦労したであろう。

だが、狭い路地である。

人数の多さの利点を発揮できない。

むしろ、相手は味方を傷つけることに気をつけなければならない。

こっちは、戦っているのはわずか二人である。背を向け合えば、そうした心配もない。

竜之助の手から十手が飛んだ。閃光のような飛燕(つばくろ)が敵の額や胸を打ち、すっと手元にもどってくる。

致命傷は与えられなくても、その痛みは充分に動きを封じてしまう。斬りかかってくるときは、通常の力を数分の一に減じられている。

指先を藍色に染めていた男が、最初の相手だった。

「くされ同心が！」

袈裟(けさ)がけに斬り下ろしてきた。

竜之助は十手のカギでこの斬りこみを受け、すばやくひねる。

「うわっ」

相手は肘を痛め、刀を落として、倒れこむ。

この繰り返しとなった。

中村半次郎の動きも、基本的に竜之助のそれとよく似ている。

敵の動き全体を、鋭い目で睨みつけながら把握している。最初に出てきた者を、逆に踏みこんで青竹で叩く。

「ちぇすとお」

薩摩示現流独特の掛け声が響いた。

青竹がこれほどの威力を発揮するとは、誰も思わない。青竹を装いつつ、鉄の棒でも使っているのではないかと思ってしまうほどである。

カーン。

という音はまさしく竹のそれなのだ。

なのに、敵は頭を打たれると、ふいに全身の力を無くし、突然、砂の像になったように崩れ落ちる。

――頭蓋骨が砕けている……。

それに気づくと、後ろにいた者はみな、背筋を寒くした。

この斬り合いの不思議なところは、金属音がしないという点だった。十数人の男たちが刀を振り回しているにもかかわらず、刃同士がぶつかり合う鋭い音がまったくしないのである。

人は次々に倒れている。

四人、五人、六人……。

竜之助と中村半次郎の前が埋まっていく。

七人、八人、九人……。

だいぶ人だかりがすっきりしてきた。

十人、十一人、十二人……。

もう残りはほとんどいない。

路地の入り口を見張っていた連中が、怯えたような顔をしながら、突進してきた。

十三人、十四人、十五人。

ここまでそれほどの時間は費やさなかった。

と、中村半次郎が言った。息はほとんど切れていない。

「これで終わりか」

「そうみたいですな」

竜之助もすこし頬が上気したくらいである。

まだ息の荒い矢崎が、唖然として転がった浪人どもを見ている。

「やるのう」

「あなたも」

「そなた、もしかして風鳴の剣を？」

と、中村半次郎が、ともに戦った若い同心に訊いた。

「ええ、まあ。だが、あの剣は封印しました」

「そうも言っておれまい。だが、いまは同心の仕事が取り込み中と見た。近いうちに訪ねる」

中村半次郎はそう言って、悠々と路地を出て行った。

十三

「消えた？」

と、竜之助は訊き返した。

「円回さんが？」

「ああ」

雲海が不愉快そうにうなずいた。

「ひとこと礼を言おうと思ったんだが」

神田の広小路で見た男の藍色の指先に着目できたのは、まさに円回の特異な能力に触発されたおかげである。

あの藍色の手に気づかなかったら、いまごろはお佐紀でさえ無事であったかどうか疑わしい。

浪人者十五人の罪も明らかになった。

薩摩藩とはまるで関係のない連中なのに、薩摩の威光を借りて、脅しや略奪を繰り返していた。それがほとんど一網打尽にできたのだった。

礼は言わなければならないだろう。

「礼なんざいらねえよ」

「どうしてですか？」

「仕事を半端にして逃げた」

と、雲海は本堂を指差した。いまごろはお釈迦さまの像の前あたりに道具箱を置き、図面を描いたり、見本のこぶりの像をつくっているはずである。だが、なにもない。

「弥勒菩薩をつくらないままで？」

あれほど嬉しそうだった仕事ではないか。

「手だけは彫った」

「手だけ……」

「いい出来だ」

「仏師じゃなかったので？」

「詐欺師だ」

「詐欺師？」

「いや、仏師で詐欺師だ？」

いちばん遠いもの同士がいっしょになったようだ。殺し屋の医者、大酒飲みの饅頭屋、世の中には矛盾を抱えた人間は多い。それでも仏師で詐欺師には勝てない気がする。

「知らなかったのですか？」

と、竜之助は訊いた。鎌倉で再会したと言っていた。それ以前にもつきあいはあったということではないか。

「そういう噂はあった。あの男は、ろくろく作品を完成させることができない。手だけ彫って終わり。あとは口先で全身を想像させ、前金をもらって消えるのだと」

「いくら払ったので？」

「百両のうち、十両を前金でやった」

「なんと」

これを詐欺とみなせば、十両は首が飛ぶ額である。

「ふん。たかが十両」

と、言った途端、雲海は十両の重みを感じたのか、身体がゆらりと揺れた。

「だが、手だけでも立派なんだからいいだろうが。どう見ても、あの手は弥勒の慈悲、やさしさを感じさせてくれる」

と、雲海はできあがった手を指差した。

それは本当だった。

「そもそも御仏の全身像をつくることができると思うほうが間違いだ」

「そうなので？」

「人間が垣間見られる御仏の意思なんかほんの先っぽのところだけよ。ならば、なぞることができるのもせいぜい手くらい」

そのわりに、この本堂にもお釈迦さまや阿弥陀さまの像はある。

雲海は自分に、そう言い聞かせたのかもしれない。

いまごろ、円回はどっちに向かって逃げているのだろう。

してやったりと思っているのか。

けっしてそんなことはないだろう。弥勒菩薩の手の光を感じながら、うつむきがちに歩いていく。

その姿は、竜之助にも雲海にも、いや、この世のすべての人に似ている気がした。

手はお釈迦さまの像の隣に飾られている。竜之助はその手に向かって、手を合わせ、拝んだ。

十四

本郷の帰りに巾着長屋によると、路地のところでお寅がそっと手を払うようにした。意味はすぐわかった。柳生全九郎が来ているのだ。

だが、逃げていても解決はしない。

気配を察して、柳生全九郎が家の中から出てきた。すでに剣呑(けんのん)な顔をしている。子どもたちが巻き込まれて怪我をするのを心配し、

「あっちに行こう」

「いいとも」

竜之助は全九郎を連れ出すように河岸へと向かった。

その背に向かって、

「許さぬ。純な心を持った子どもを疑い、罪をかぶせた」

と、全九郎は言った。

将棋が強かった純吉のことだろう。関羽の夢によっていきなり極意を得たという話がよほど気に入ったらしい。

「誤解だ」

と、竜之助は諭すように言った。

疑ったのは純吉の背後にいた者たちの思惑であり、罪もかぶせてはいない。むしろ、純吉に罪がいかないよう、与力にも頼んだ。

「しかも、きさまはすでに三人の少年も斬っている」

「三人の少年？」

「どこかの砂浜で。わたしはその遺体まで見ているぞ」

「だいぶ惑乱したらしいな。よく思い出せよ。その三人を斬ったのは、あんたなんだぜ」

「馬鹿なことを言うな」

「じゃあ、あんた、なんでその遺体を見たんだ？」

「たまたまだろう」

「じゃあ、おいらが三人と戦うところは見たのか?」

「そこまでは」

自信なさげに首を横に振った。

「いいか。その砂浜というのは海辺新田(うみべしんでん)の浜だ。あんたの仲間が砂浜に四本の柱を立てた。その柱の上に布を縦横に結び、天井のようにつくった。あんたは、その下で三人の少年を次々に斬ったんじゃねえか」

「え」

「思い出したくないんだよな」

「……」

柳生全九郎の顔が大きく歪んだ。愛らしい顔立ちが醜く思えるほどだった。記憶の端を摑んだ気配があった。引っぱればぞろぞろと見えてくるものがあるだろう。少年たちが最後にこの世に刻んだもの……。

「わかるさ。あんただって何者かに操られたんだもの」

「何を言ってるんだ」

「おいらたちを操る悪意があるのさ。そいつを突き止めない限り、おいらたちは無意味な戦いを強いられる」

「黙れ、徳川竜之助」

柳生全九郎が斬ってきた。

竜之助は十手でこれを受けた。

キーン。

と、鋭い音がして火花が散った。

「抜け」

「抜かぬ」

「卑怯者」

全九郎がゆっくり刃を回した。

刃が木枯らしのような音を立てはじめた。風鳴の剣。葵新陰流の真髄を、この天才少年はすでに自分のものとしている。

だが、その音に力がない。

風は寂しくて鳴いている。

あれからまだ五ヶ月しか経っていない。いくら若く、成長著しい時期であっても、傷が完全に癒えているわけはない。

竜之助の手から十手が飛び立った。

黒いつばくろが餌を求めるように、宙を走る。

「くだらぬ技を」

「どうかな」

風鳴の剣が走る寸前、十手が全九郎の刀に食い込んだ。

衝撃が走る。

風鳴の剣が止まった。

「これほどとは……」

全九郎は一度、この技を見ている。それでも衝撃は想像を上回ったらしい。

もどってきた十手を取ると、竜之助はそれを全九郎の胴に叩きこんだ。

「むふっ」

寂しそうな顔になった。

全九郎の身体が揺れた。ろっ骨の数本は折れただろう。

完全な竜之助の勝利だった。

だが、竜之助の顔も悲しげだった。

もう一度、つばくろが飛んだ。勝利の旋回――というより、ねじれた紐を直そうとしただけに過ぎない。だが、それが全九郎には愚弄されたように思えたのだろうか。

その十手を左手で摑もうとしたとき、全九郎があがいた。その剣はうめくように鳴いて、十手を摑もうとした竜之助の左手を襲った。

遠くで悲鳴が上がった。

お寅と子どもたちがいた。

竜之助は左手の先を見た。なにもなかった。ただ、血が流れ落ちていた。

この前やったように、左手でにぎにぎをした。そのつもりだった。なにも動かなかった。ただ、見えない手のひらから指先にかけて、強い疼くような痛みが襲ってきた。手を失ったあとも、いつまでもそれがあるような感覚に苦しむとは、じっさいに体験した者から聞いたことがあった。まさにそれなのだろう。

竜之助は地面を見た。自分の左手はそこにあった。円回が彫った弥勒菩薩の手に似ていた。

「もう、終わりにしような」

と、竜之助はやさしく言った。

「はい」

全九郎はうなずき、崩れ落ちた。
竜之助は飛ばされた手を右手で摑んで、その手首を傷口に合わせた。そのまま
なにかに祈るように頭を垂れて……。

十五

巾着長屋のお寅の部屋で布団に横たわった福川竜之助のまわりには、この三日
三晩、絶えず見舞いの人が訪れていた。

先ほどまでは、大海寺の雲海和尚と狆海が来ていた。

和尚の落胆ぶりも意外なほどだったが、狆海の嘆きようときたら、とても見て
いられないくらいだった。

その狆海に竜之助が右手を伸ばし、慰めるように膝を撫でてやった。

「なあに、左手の一本くらい」

と、竜之助は言った。

「そんな」

「もっと大事なものを失う人だっていっぱいいるんだぜ」

竜之助はかすれた声で言った。

　その竜之助の左手は、細めのさらしできつく巻かれていた。

　神田いちばんの金瘡医と言われる洋庵が、あらゆる手立てを尽くしていった。

若いが長崎留学も経験しているという。

　いくつかの筋と筋を糸で結び、血の道同士もつないだ。

「わたしは、落ちた指をつないだことがある」

と、洋庵は言った。

「本当ですか？」

　お寅が期待をこめて訊いた。

「間違って落とした大工の中指を、元のところにつないだ。三年ほど前のことだ。いまでは動きこそ悪いが、ちゃんと血もかよっている。長さはすこし伸びたくらいだ」

「では、手も？」

「手はつないだことがない。一度、試みた。だが、無理してつけようとすると、腕全体まで腐ってくる。その人も諦めきれなかったため、結局、命を失うことになった」

「まあ」

お寅の目に涙が湧いた。

「気をつけて見守ろう。あまり黒くなってきたらやはり切り離したほうがいい。一刻ごとにようすを見にくる」

その洋庵もさっき来たばかりである。

「どうです？」

と、お寅が訊くと、

「すこし、黒味が増したかな」

心配なことを言って帰ったのだった。

「どうだな？」

出入り口で声がした。

奉行所の人たちだった。矢崎三五郎と、大滝治三郎と、岡っ引きの文治がいっしょに来た。この人たちも、日に何度も見舞いに来てくれる。文治は今度も、竜之助の顔を見ることができず、外で肩を震わしている。

「福川、言ってくれ。誰にやられた？」

と、矢崎がまた、それを訊いた。矢崎はそればかり訊く。「奉行所総出で、おめえの仇を討つ」と言う。

だが、竜之助は答えない。

「剣の上のことです」

今日もそう言った。

矢崎はお寅のほうを見た。

「わたしは知りません」

お寅は首を横に振った。固く口止めをされている。約束である。口が裂けても言えない。

「あとで、与力の高田さんも来ると言っていた」

矢崎はそう言って帰って行った。どうやら、高田九右衛門とはあまり同席したくない気配だった。

それから、お佐紀という瓦版屋の娘が来て、役宅で女中をしているやよいという娘が来た。

二人とも娘らしいこまかい気遣いをしていったが、なにせその落胆ぶりときたら、お寅はあわてて席を外したほどだった。

日が落ちてきた。

子どもたちは、長屋の金次（きんじ）という子分のところで、店屋ものを取ってもらうことにした。

子どもたちも竜之助のそばに来たがるが、竜之助がゆっくり眠れない。

「しっかり体力をつけさせることも肝心」

と、洋庵からも言われている。

それも言い聞かせ、できるだけここには来ないように言ってあった。

暗くなってきている。

行灯（あんどん）に火を入れた。

額の汗を拭き、左手の色を確かめた。

いまは、お寅と竜之助は二人きりである。

また、あの言葉が脳裏をかすめた。

「黙れ、徳川竜之助」

津久田亮四郎は、確かにそう言った。

——徳川、竜之助……。

この子が……。

信じられなかった。

だが、面影があった。三つのときの別れ。そのときの面影が、いま二十六の端整な顔立ちの中にしっかり残っていた。

あのとき、駆け寄ってきた竜之助を、わたしは冷たく突き放したのではなかったか……。

てっきり田安の家におさまっているのかと思っていた。

用人の支倉にも、そう聞いていた。

だから、一生、会うことはないと思っていた。まさか、こんなに身近にいたなんて、夢にも思わなかった。

——それにしても、なぜ、竜之助が町方の同心などを。

かたや、自分は巾着長屋のスリの親分ときている。

これはなんとしても、身分を明らかにすることはできないと思った。

「ううう」

竜之助が小さくうめいた。

「福川さま。どうなさいました？」

顔を寄せて訊いた。

「……………」

答えはなかった。だが、かすかに意識はもどっているらしい。

お寅はおろおろした。なにかして欲しいことがあるのではないか。それがわからない。もどかしくて情けなかった。

そのとき——。

視界の隅で、なにかが動いた気がした。

お寅は目を凝らした。

そこにあるのは竜之助の左手だった。

お寅はそっと自分の手をその左手の上にのせた。手は冷たかった。

だが、お寅の手は間違いなくそれを感じ取った。

ぴくり。

竜之助の左手の指先が動いた。それは小さな虫が動いたような、しかしはっきりと命を感じる動きだった。

本書は２００９年11月に小社より刊行された作品の新装版です。

双葉文庫

か-29-48

若さま同心　徳川竜之助【九】

弥勒の手〈新装版〉

2022年5月15日　第1刷発行

【著者】
風野真知雄

【発行者】
箕浦克史
【発行所】
株式会社双葉社
〒162-8540 東京都新宿区東五軒町3番28号
［電話］03-5261-4818（営業部）　03-5261-4833（編集部）
www.futabasha.co.jp（双葉社の書籍・コミックが買えます）
【印刷所】
中央精版印刷株式会社
【製本所】
中央精版印刷株式会社

【フォーマット・デザイン】
日下潤一

ISBN978-4-575-67110-0 C0193
Printed in Japan

井原忠政
三河雑兵心得
足軽仁義
戦国時代小説
〈書き下ろし〉
苦労人、家康の天下統一の陰で、もっと苦労した男たちがいた！　村を飛び出した十七歳の茂兵衛は松平家康に仕えることになるが……。

井原忠政
三河雑兵心得
旗指足軽仁義
戦国時代小説
〈書き下ろし〉
三河を平定し、戦国大名としての地歩を固めた家康。猛将・本多忠勝の麾下で修羅場をくぐる茂兵衛は武士として成長していく。

井原忠政
三河雑兵心得
足軽小頭仁義
戦国時代小説
〈書き下ろし〉
迫りくる武田信玄との戦い。家康生涯最大のピンチ、三方ヶ原の戦いが幕を開ける。怯むな茂兵衛、ここが正念場！　シリーズ第三弾。

井原忠政
三河雑兵心得
弓組寄騎仁義
戦国時代小説
〈書き下ろし〉
大敗から一年、再び武田が攻めてきた。決戦の地は長篠。ついに、最強の敵と雌雄を決する時が迫る。それ行け茂兵衛、武田へ倍返しだ！

井原忠政
三河雑兵心得
砦番仁義
戦国時代小説
〈書き下ろし〉
武田軍の補給路の寸断を命じられた茂兵衛は、森に籠って荷駄隊への襲撃を指揮することに。戦国足軽出世物語、第五弾！

井原忠政
三河雑兵心得
鉄砲大将仁義
戦国時代小説
〈書き下ろし〉
信長の号令一下、甲州征伐が始まった。徳川に寝返った穴山梅雪の妻子を脱出させるため、茂兵衛は武田の本国・甲斐に潜入するが……。

風野真知雄
わるじい慈剣帖（一）
いまいくぞ
長編時代小説
〈書き下ろし〉
あの大人気シリーズが帰ってきた！　目付に復帰したのも束の間、孫の桃子が気になって仕方がない愛坂桃太郎は江戸への帰還を目論むが。